Boileau-Narcejac

L'ingénieur aimait trop les chiffres

Denoël

Renonçant, pour une fois, à leur habituelle formule, Pierre Boileau et Thomas Narcejac se sont amusés à écrire un roman policier cent pour cent classique, et ils ont construit leur intrigue sur le thème le plus traditionnel mais aussi le plus hallucinant : le problème du « local clos ».

L'ingénieur-chef Sorbier, spécialisé dans les recherches atomiques, est tué dans son bureau, d'un coup de revolver. Entendant la détonation, deux de ses collègues se précipitent dans la pièce, dont un troisième témoin surveille l'unique issue. Toute fuite est matériellement impossible, et pourtant non seulement l'assassin réussit à disparaître, mais encore à emporter un volumineux et pesant tube d'uranium dont l'ouverture risque de provoquer une catastrophe épouvantable.

Qui est le criminel ? Et surtout, comment ce criminel a-t-il réussi à se rendre invisible ? Tels sont les deux problèmes que tente de résoudre le commissaire Mareuil, ami de la victime. Ses soupçons se portent bientôt sur un certain Raoul Mongeot, ancien chauffeur de l'ingénieur. Mais Mongeot est, à son tour, frappé d'une balle tirée avec le même revolver qui a déjà abattu Sorbier, et, cette fois encore, le crime est commis dans des circonstances telles qu'elles rendent, semble-t-il, absolument impossible l'intervention de l'assassin. Le commissaire Mareuil est accablé. Jamais encore il ne s'est trouvé en présence d'un problème d'une telle nature.

Mais le mystérieux criminel n'a pas dit son dernier mot : il se manifeste encore tragiquement, à deux reprises, et toujours dans des conditions extraordinaires qui rendent sa disparition inexplicable. Autrement dit, ce sont quatre problèmes de « chambre close » qui se posent au policier... et au lecteur. Quatre problèmes, enfin, auxquels les deux auteurs ont — soulignons-le — apporté quatre solutions différentes et également rationnelles.

Publié en feuilleton dans Le Figaro, où il fit l'objet d'un concours, L'ingénieur aimait trop les chiffes mit à une rude épreuve la sagacité et la logique de ses premiers lecteurs. A ceux d'aujourd'hui de mobiliser leur « petites cellules grises ».

I

Renardeau arrêta sa Dauphine derrière la Simca de Belliard.

« Comment la trouvez-vous ? » cria-t-il.

Belliard claqua la portière de sa voiture, hocha la tête.

« Compliments, mon vieux... Elle a vraiment de l'allure.

— J'ai hésité longtemps, dit Renardeau. Je trouve que le noir est plus chic. Surtout avec les flancs blancs. Ma femme aurait assez aimé la teinte bordeaux, mais c'est un peu excentrique. »

Il mouilla son doigt de salive et effaça une tache, sur le pare-brise, puis regarda la ruelle, écrasée de soleil.

« Avouez, grommela-t-il, qu'on pourrait avoir un garage dans l'usine. Un soleil comme ça, c'est mortel pour les peintures... A propos, et chez vous ?

— Ça va, dit Belliard. Le petit pousse bien.

— La maman ?

— En parfaite santé. Justement, je l'ai ramenée de la clinique tout à l'heure. »

Belliard poussa la petite porte qui donnait sur le jardinet. Renardeau s'arrêta sur le seuil, regarda encore sa Dauphine étincelante.

« J'aurais dû laisser les glaces ouvertes », murmura-t-il.

Au bout de la rue, la Seine coulait. L'air embrasé vibrait, à la pointe de la Grande-Jatte. Le diesel d'un chaland battait lentement, et l'été en paraissait soudain triste. Renardeau referma la porte. Au bout d'une allée de ciment s'élevait le pavillon des ingénieurs.

« On va crever là-dedans, dit Renardeau. Quand on pense qu'en Amérique, tout est conditionné. »

Toutes les fenêtres donnant sur le jardin étaient closes. Le mur blanc réverbérait une lumière brûlante dont on recevait le choc en plein visage.

« Vous partez bientôt en vacances ? demanda Belliard.

— Dans une quinzaine… Ma femme veut aller au Portugal. J'aurais préféré la côte basque.

— Veinard ! fit Belliard. Moi, je suis coincé ici. »

Ils arrivaient à l'angle du pavillon. Devant eux s'étendait l'usine silencieuse. Le travail ne reprendrait que dans dix minutes. Ils avaient le temps. Assis sous le marronnier, entre l'usine et le pavillon, Legivre bourrait sa pipe.

« Ça va, Legivre ? cria Renardeau.

— Ça va, mais cette chaleur est bien fatigante. »

Il montrait sa jambe de bois qui pointait, raide comme un brancard. Les deux ingénieurs s'arrêtèrent dans l'étroit couloir d'ombre qui longeait le mur nord du pavillon et s'épongèrent le front.

« Je vois que Sorbier a fait ouvrir toutes les fenêtres, remarqua Renardeau. Ce n'est pas dommage ! Une cigarette ? »

Il fouilla dans sa poche, retira un dépliant qui expliquait le fonctionnement de la Dauphine.

« Excusez-moi, dit-il.

— Mais non, plaisanta Belliard, c'est la lune de miel. On connaît ça, mon vieux. »

Renardeau lui offrait son paquet de gauloises. C'était un jour comme tous les autres. Dans quelques minutes, les dessinateurs arriveraient. Là-bas, du côté de la grande porte, retentirait la sirène, et les ouvriers en retard pousseraient leur bicyclette en courant tandis que le père Ballu, le concierge, les surveillerait de sa loge vitrée comme une cabine d'aiguilleurs. Belliard tendit son briquet. Ce fut à ce moment précis que le cri retentit, comme s'il avait jailli en même temps que la flamme. Les deux hommes se retournèrent, puis se rendirent compte que le cri venait de l'étage du pavillon.

« Qu'est-ce que... ? »

Un second cri leur parvint.

« Au secours... A moi...

— Mais c'est Sorbier », dit Renardeau.

Legivre se levait, pesamment, et le banc de bois craquait. Tout était précis et irréel. Le diesel battait au loin et, dans la grande cour, soudain, la sirène hurla. Trois coups brefs qui annonçaient la reprise. Le premier, Renardeau se mit en marche. La porte était à quelques mètres. Il l'atteignait quand claqua le coup de revolver, et l'air était tellement sec que la détonation fit écho sur le mur de l'usine, rebondit deux ou trois fois dans la distance.

« Vite », cria Belliard.

Il entra dans la salle des dessinateurs sur les talons de Renardeau. L'immense pièce, éclairée par une série de larges baies, était vide, tous ses pupitres alignés, des blouses blanches pendant aux portemanteaux. L'escalier conduisant au premier s'amorçait au fond. Renardeau, plus corpulent que Belliard, se laissa dépasser, déjà essoufflé.

« Attention ! lança-t-il, le type est armé ! »

Et la phrase retentissait dans la tête de Belliard, tandis qu'il courait. « Le type est armé... Le type est armé... »

Il s'élança sur les premières marches. Renardeau montait derrière lui, multipliant des avertissements que Belliard n'entendait plus. Le palier. Un coup de pied dans la porte. Elle claque contre le mur. Devant Belliard, une seconde porte, celle de son propre bureau. Il hésite. Renardeau le rejoint. Il respire bruyamment.

« Je passe le premier », dit Belliard.

La porte, violemment ouverte, laisse voir la plus grande partie de la pièce, le bureau métallique, les classeurs vert d'eau, les sièges tubulaires. Belliard fait un pas, un autre, s'arrête. Renardeau murmure :

« Il est mort. »

Sur le seuil du second bureau, l'ingénieur en chef est couché, la face sur la moquette, à plat ventre, les bras repliés sous le corps. Le tapis se teinte de rouge. Belliard étend la main pour empêcher Renardeau d'avancer. Il regarde autour de lui. Des martinets rasent la fenêtre ouverte, criant à pleine gorge, et l'on entend siffler l'air autour de leurs ailes.

« Il est sûrement mort », répète Renardeau.

Dans le bureau de Sorbier, aucun bruit. Les deux ingénieurs traversent la pièce. La moquette étouffe leurs pas. Presque craintivement, Renardeau se penche par-dessus le corps, jette un coup d'œil.

« Il n'y a personne », dit-il d'un air stupide.

Il enjambe Sorbier, se risque dans le bureau, tandis que Belliard s'agenouille près de son chef. Renardeau se précipite vers la fenêtre. En bas, Legivre, déséquilibré sur son pilon, le cou tendu, attend.

« Vous n'avez vu personne ? jette Renardeau.

— Personne. »

Accablé, Renardeau s'accroche à l'appui de la fenêtre. La lumière tire des étincelles de chaque gravier. Sous le ciel blanc, le marronnier semble huilé de reflets. Legivre, ayant soulevé sa casquette, se gratte la nuque.

« Restez là ! » crie Renardeau.

Il se retourne et voit le coffre.

« Bon Dieu, le tube ! »

Au fond du bureau, le coffre-fort est entrouvert. Ses parois sont si épaisses que l'intérieur semble exigu. Renardeau s'élance, passe sa main sur le rayon vide, sans comprendre à quel point son geste est dérisoire. Il recule, introduit deux doigts dans le col de sa chemise. Il étouffe. Voyons, voyons, du calme ! Surtout, ne pas s'affoler ! Le sang, à grands coups, lui martèle les tempes. Il ne va tout de même pas s'effondrer parce que... parce que...

« Belliard ! »

L'ingénieur, agenouillé près du corps, relève la tête. Il a les yeux de quelqu'un qu'on réveille. Il se redresse en titubant, se retient à la poignée de la porte. Renardeau s'est ressaisi. Il tire Belliard par le bras, lui montre le coffre, puis bondit à la fenêtre.

« Legivre... Ne laissez entrer personne... »

Il regarde sa montre. Deux heures trois. Incroyable ! Il a l'impression que ce qu'il vient de vivre a duré longtemps, longtemps. Et maintenant ?... Il ne sait plus. Il pense à sa Dauphine dans la ruelle, puis à Sorbier qui ne bouge pas, qu'on devine mort à une sorte d'aplatissement du corps, d'immobilité solennelle et terrible. Belliard contemple le coffre, puis élève vers son visage ses deux mains comme s'il allait prier. Mais il se masse simplement les joues, les paupières, essaie à son tour de se rassembler. Il fait demi-tour.

« Alors, l'assassin ? dit-il.

— Je n'ai vu personne », fait Renardeau.

Et il corrige aussitôt, d'une voix un peu tremblante.

« Il n'y avait personne. »

Les deux hommes regardent autour d'eux ces pièces sans mystère, le décor de leur vie quotidienne, les objets amis ; pendant une seconde, ils ne reconnaissent plus rien. Ils sont des étrangers. Belliard, brusquement, sursaute. Il court à la fenêtre. Legivre est toujours là.

« Legivre... vous n'avez vu personne ?

— Absolument personne, dit Legivre. Qu'est-ce qui se passe ?

— C'est Sorbier... On vous expliquera tout à l'heure... Prévenez le personnel. Un accident est arrivé. Interdiction d'entrer. »

Il revient vers Renardeau qui réfléchit, tête basse, les mains dans les poches.

« Il faut téléphoner au patron.

— Oui... mais il n'arrivera pas avant un bon quart d'heure, objecte Renardeau. Il vaudrait mieux appeler un médecin.

— Inutile. J'ai vu bien des morts... Croyez-moi, il n'y a rien à tenter. »

Des piétinements, en bas, annoncent l'arrivée des dessinateurs. Puis des chuchotements. La voix de Legivre, irritée :

« Puisqu'on vous dit que c'est interdit !... »

Belliard et son ami demeurent un moment silencieux ; ils n'osent pas se regarder. A la fin, Renardeau n'en peut plus.

« Vous n'avez vu personne dans la salle de dessin ? »

Mais la question est stupide. Il le sait bien qu'elle était vide, nue comme la main. Ah ! pourtant, les blouses, aux portemanteaux ! Mais entre les blouses et le plancher, il avait vu, lui-même, le mur blanc, lisse, net. Et ensuite, l'escalier, le vestibule...

« Pas un endroit où se dissimuler, reprend Renardeau. Ni dans votre bureau, ni ici... »

D'un geste, il désigne, autour d'eux, les murs ripolinés, le mobilier réduit à l'essentiel. Il se rappelle une phrase de Sorbier : « Tout doit être fonctionnel ! » Il adorait ce mot... Non, personne n'est sorti. Pas d'autres issues que les fenêtres ouvertes de la façade nord. Et Legivre était dans la cour.

La vie reprend, peu à peu, dans l'usine. Des gens s'agitent, en bas. Le bruit doit se répandre que quelque chose est arrivé.

« Le coffre n'a pas été forcé », remarque encore Renardeau, et il hausse les épaules, tellement cette réflexion est sotte. Mais la moindre pensée est absurde. La vérité, c'est qu'on n'ose plus penser. Et pourtant, on ne peut empêcher les idées de surgir, une à une, et chacune ajoute au malaise, à l'angoisse.

« Un tube de vingt kilos, murmure Belliard. C'est quelque chose, vingt kilos ! On ne doit pas courir bien vite, avec un objet pareil dans les bras. »

Et quel objet ! de quoi faire sauter tout Courbevoie, si...

Renardeau s'assied dans le fauteuil de Sorbier. Il est livide.

« Qu'est-ce qu'on peut faire ? » dit Belliard.

Renardeau écarte les bras, secoue la tête. Peut-être faudrait-il fermer toutes les issues de l'usine, fouiller. Mais ici aussi, les issues étaient fermées. Il n'y avait pas d'issue. Toujours le même obstacle sur lequel on vient buter dès qu'on essaie de renouer le fil d'une pensée cohérente.

« Tant pis, dit Renardeau. Je téléphone. On verra bien. »

Il appelle la standardiste, demande M. Aubertet.

16

« Dès qu'il arrivera, priez-le de venir au pavillon. C'est urgent. Extrêmement urgent. »

Il raccroche, veut fermer la fenêtre car un petit groupe s'est formé, dans la cour, et bavarde presque joyeusement.

« Non, dit Belliard. Il ne faut toucher à rien. A cause de la police. »

C'est vrai. La police va venir. Renardeau s'éponge le front. Pourvu qu'on ne l'empêche pas de partir en vacances ! Ses yeux se fixent sur le corps, ne peuvent plus le quitter... Sorbier est habillé comme d'habitude : pantalon de flanelle, veston bleu marine, mocassins.

« Sapristi ! s'écrie Renardeau, la douille... près du classeur ! »

Belliard se retourne, ramasse le petit cylindre brillant, le contemple sur le plat de sa main, puis le pose sur le bureau... Tout ce qui reste du passage de l'assassin !

Mais Renardeau, qui ne peut plus tenir en place, maintenant, commence à fouiller les deux pièces. C'est l'affaire d'une minute. Chez Belliard, il y a un vaste classeur métallique qui couvre le mur opposé à la fenêtre ; le bureau et son fauteuil, coupant l'angle gauche, près de la croisée ; un fauteuil plus vaste destiné aux visiteurs, et, sur sa tige de métal, un cendrier. C'est tout. Pas la moindre cachette. Chez Sorbier, l'ameublement est identique, mais il n'y a qu'un fauteuil, car Sorbier ne recevait personne. Il divisait en deux catégories les gens qui voulaient lui parler : le fretin et les gros. Le fretin, c'était pour Belliard. Les gros, c'était pour Aubertet... Les mêmes images se succèdent dans l'esprit des deux ingénieurs. Ils revoient Sorbier vivant. Il ne faisait guère plus de bruit que mort, d'ailleurs. Taciturne, le menton sur la cravate, un bras replié derrière le dos, le pouce et l'index glissant l'un sur l'autre, comme s'ils avaient palpé des pièces, compté de la monnaie. On frappait, on attendait longtemps... Quand on entrait, Sorbier vous regardait, toujours du même air surpris et mécontent.

« Quoi... Dites vite... »

Il écoutait, la tête un peu penchée, prenait une note sur le coin de son buvard qui se couvrait peu à peu de signes mystérieux, de noms, de numéros, comme le mur d'une cabine au-dessus du téléphone. Il vous congédiait d'un mouvement de menton, reprenait sa marche. Renardeau grognait :

« Il a une drôle de façon de travailler, le client ! »

Mais on admettait généralement qu'un major de Polytechnique ne peut pas vivre tout à fait comme un homme ordinaire. On riait, quelquefois. On prêtait à Sorbier des distractions extraordinaires. On racontait qu'un soir, sortant du théâtre, il s'était trompé de femme et avait ramené chez lui une inconnue complaisante au lieu de la belle Mme Sorbier. « Les chiffres, expliquait Renardeau. Vous lui ouvririez le crâne, vous ne trouveriez que des chiffres ! » Et il ajoutait, car il respectait profondément son chef : « C'est quand même un crack ! »

Le brouhaha des voix, dans la cour, cessa brusquement.

« Voilà le boss », murmure Renardeau.

Agacé, Belliard s'écarte un peu. Il n'aime pas les manies de Renardeau, ses façons de businessman.

Il n'aime pas davantage les allures bon enfant d'Aubertet, sa manière trop joviale de parler aux ouvriers. Le vrai chef, c'était Sorbier ! Aubertet gravit l'escalier lentement. Renardeau va au-devant de lui, le renseigne à voix basse.

« Quoi ! Ce n'est pas possible ! »

Il entre, il s'arrête, fasciné par le corps. Lui aussi comprend, au premier coup d'œil, que Sorbier est mort.

« Il a presque été tué sous nos yeux, dit Renardeau. Et pourtant, il n'y avait personne.

— Voyons, voyons... fait le directeur.

— Et le tube a disparu », ajoute Renardeau.

Aubertet regarde Belliard, attend peut-être une rectification.

« Exact », dit Belliard.

Aubertet, l'esprit en déroute, retire lentement ses gants, les jette dans son chapeau qu'il dépose dans le fauteuil.

« Ça va faire un beau scandale », murmure-t-il. Et le regard de Belliard croise celui de Renardeau. C'était le mot qu'ils attendaient.

Le directeur marche vers le cadavre, non sans répugnance. La moquette, couleur paille, brunit lentement, autour de Sorbier. Renardeau, avec beaucoup de clarté, raconte brièvement les événements. Aubertet hoche la tête, à petits coups. Il s'est repris. Il a l'habitude des situations difficiles et des problèmes compliqués.

« Il est nécessairement parti par la fenêtre, dit-il.

— Non, rectifie Renardeau. Legivre était en bas. Il n'a vu personne. »

Le directeur, encore une fois, regarde Belliard.

« Exact », dit Belliard.

Aubertet enjambe le corps, passe dans le bureau de Sorbier, contemple la fenêtre, puis le coffre. Il refait les mêmes gestes que les deux ingénieurs, vingt minutes plus tôt. Ça y est : il passe sur ses yeux, sur ses joues, sa main charnue, chargée d'une grosse chevalière.

« Résumons-nous, dit-il... L'assassin ne peut être caché dans ce pavillon ; d'autre part, il n'a pas pu sortir par la porte ni par une fenêtre... Mais c'est idiot, ce que vous me racontez ! »

Cependant, Sorbier a été tué, et le coffre est là, vide. Les clefs sont encore sur la serrure, le trousseau de la victime.

« Vous comprenez ce que cela signifie ? reprend Aubertet. Si, par malheur, l'assassin manipule ce tube, essaie de voir ce qu'il y a dedans... »

Il s'assied dans le fauteuil de Sorbier. Il sait que maintenant tout dépend de lui, de sa promptitude. Il allonge la main vers le téléphone.

« Renardeau, descendez et faites évacuer la cour. Expliquez que Sorbier a eu un accident. Pas besoin d'affoler le personnel... D'autant que le criminel se cache peut-être encore dans l'usine, c'est même peut-être l'usine qu'il veut d'abord détruire... »

Belliard et Renardeau se taisent. Renardeau a le front luisant de sueur, mais il reste très maître de lui et s'éloigne d'un pas ferme. Aubertet décroche le combiné, se tourne vers Belliard.

« Pas question, n'est-ce pas, d'alerter le commissariat. C'est trop grave. Je vais prévenir le directeur de la P.J. »

Il réfléchit.

« La P.J. ou la Sûreté ? Un coup monté avec cette précision et cette audace, vous devinez, Belliard, ce que ça veut dire ?... C'est une affaire d'espionnage.

— Dans ce cas, rétorque Belliard, il n'y a aucun risque immédiat. L'espion, s'il s'agit d'un espion, va se contenter de mettre le tube en lieu sûr.

— Oui, peut-être », admet le directeur.

Il frappe légèrement le combiné sur sa main large ouverte, hésitant devant toutes les hypothèses qui s'offrent maintenant en foule.

« Pour moi, dit Belliard, la meilleure solution serait la P.J. Je connais bien le commissaire Mareuil. Nous avons fait la guerre ensemble ; nous nous sommes évadés ensemble... et, après, nous avons appartenu au même réseau... Mareuil était également très lié avec les Sorbier...

— Parfait ! »

Aubertet appelle la P.J., demande le directeur et, comme Belliard fait mine de se retirer, il le retient par le bras. Belliard écoute, et admire, malgré lui, la concision et la clarté d'Aubertet. Il n'y a pas cinq minutes qu'il est arrivé et déjà il a fait le tour du problème, aperçu ses prolongements.

« Nous pouvons sauter d'un instant à l'autre, commente-t-il. Je vais faire discrètement fouiller l'usine, mais on ne trouvera rien. Ou bien l'homme s'est déjà enfui, ou bien, s'il se sent en danger, il ouvrira le tube... Il n'y a pas d'autre alternative... Pardon ?... Non, monsieur le directeur, je vous donne ma parole que je ne rêve pas. Ce n'est pas mon genre... Pouvez-vous nous envoyer le commissaire Mareuil ?... Il connaissait bien la victime. Merci. »

Il raccroche, ferme les yeux une seconde.

« Je suis responsable de tout, dit-il à voix basse.

— Pardon... fait Belliard.

— Si, de tout. J'ai eu la faiblesse de céder à Sorbier. Les deux autres tubes sont entre les mains des services intéressés. On n'aurait rien dû garder à l'usine. Pour nous, Belliard, c'est toujours la guerre. Mais c'est ce qu'on oublie. Sorbier avait découvert le catalyseur, inventé le système de ralentissement. Il m'était difficile de lui appliquer la même règle qu'aux autres. Surtout qu'il travaillait à perfectionner son invention... Et puis, vous vous rappelez comme il était ombrageux ! »

Ils regardent le corps. Pauvre Sorbier, toujours si correct, si froid, et maintenant étendu sur ce plancher, vautré dans son sang !

« Toutes les précautions avaient été prises, plaide Belliard. Sorbier possédait une clef de ce coffre et vous, l'autre. Les bureaux étaient gardés, la nuit.

— Ça n'a pourtant rien empêché, dit Aubertet. Il faut toujours admettre qu'un adversaire résolu vient à bout des meilleures défenses. La preuve !... Et le plus beau, c'est qu'il a utilisé la propre clef de Sorbier. »

Il s'interrompt, promène un instant son pouce contre ses lèvres.

« Il y a justement là quelque chose qui m'échappe... Combien de temps a-t-il pu s'écouler entre la détonation et votre arrivée ?

— Certainement moins d'une minute... Vous

voulez dire que si l'assassin avait tué Sorbier pour lui voler ses clefs, il n'aurait pas eu la possibilité d'ouvrir le coffre ?

— Exactement.

— On peut donc supposer que le coffre était déjà ouvert, ce qui n'a rien de surprenant.

— Cela semble, en effet, le plus vraisemblable. »

Aubertet se lève, s'arrête devant la fenêtre. La cour est vide. Legivre lui-même a disparu. Des moineaux, au pied du marronnier, s'ébattent dans la poussière. Le ciel vire au gris. Aubertet reprend le téléphone, appelle son secrétaire.

« C'est vous, Cassan ?... Bon... Vous êtes seul ?... Très bien... Sorbier vient d'être tué... Oui, je dis bien, assassiné... Ecoutez-moi, car ce n'est pas tout. Le tube a été volé... Vous allez immédiatement alerter le service d'ordre. Passez au crible le personnel... Heure d'entrée, notamment. Comptez tout le monde... Faites la liste des manquants... Interrogez Ballu... Qu'on fouille partout... Le type pourrait être caché... Qu'on tire à vue sur tout individu étranger à l'usine... je prends tout sur moi... Quand je dis : à vue, vous me comprenez. Si le type a une allure suspecte... Du doigté, hein ! De la discrétion. Pas de panique. »

Il laisse tomber l'appareil sur sa fourche. Une mouche entre et bourdonne, autour du cadavre. Belliard la chasse, à grand revers de la main. Aubertet sort machinalement une cigarette, puis la repousse rageusement dans son paquet.

« Nous rêvons, Belliard, s'exclame-t-il. Nous

rêvons ! Enfin, entre nous, d'où serait-il venu, ce criminel ?

— De la ruelle, dit Belliard. Comme Renardeau et moi. Comme tous ceux qui ne sont pas astreints au pointage.

— Mais Legivre aurait dû le voir entrer.

— Legivre pouvait être de l'autre côté. A l'entrée de l'usine. C'est un point qu'il sera facile de préciser. D'ailleurs, s'il avait vu quelqu'un, il nous l'aurait déjà dit. »

Aubertet n'en peut plus de ce silence, de cette attente. Il est habitué à agir, à plier les événements à ses ordres. Et il erre, entre ces quatre murs qui lui posent un problème dont il ne parvient pas, pour la première fois, à saisir les données. Et pourtant, dans cette usine, tout le monde est entraîné à calculer. C'est par excellence le monde de l'épure, du graphique, des courbes, des équations. Et quand le cerveau des hommes n'est plus assez puissant pour traquer les chiffres, des machines le relaient et, à une vitesse de vertige, résolvent le mystère de la matière, traduisent ses secrets en formules simples, immédiatement intelligibles. Et ici...

« Il n'a pas pu sortir ! éclate Aubertet.

— Eh non, dit Belliard. Mais il a quand même disparu.

— Vous n'avez pas aperçu... je ne sais pas moi... une silhouette, une ombre... quelque chose...

— Rien.

— Pas entendu un bruit ?

— Les appels à l'aide de Sorbier, puis le coup de feu. C'est tout. »

Le grand patron revient dans le bureau de Belliard, tourne en rond, ouvre la porte du vestibule, la referme, passe les doigts sur la poignée des classeurs.

« Dans la salle des dessinateurs ? demande-t-il.

— Il n'y avait personne... N'importe comment, Legivre était dehors, devant la porte... et il n'y a pas d'autre porte.

— Incroyable ! grogne Aubertet. Vous savez combien pesait le tube !

— Vingt kilos.

— Oui. Vingt kilos. Vous nous voyez, prenant la fuite avec un paquet de vingt kilos ?

— Je n'irais pas loin, dit Belliard.

— Moi non plus. Et pourtant je ne suis pas une mauviette. »

Le téléphone sonne, brutalement, et ils ferment les poings, surpris, Aubertet court, décroche.

« Oui... Ici, le directeur. Accompagnez-le jusqu'ici. »

Il jette à Belliard, qui attend :

« C'est votre ami... Je doute qu'il soit plus malin que nous ! »

II

Non, Mareuil n'avait pas l'air plus malin que le directeur. C'était un homme épais, sanguin, chauve, les yeux bleus légèrement injectés, l'expression joviale. Mais sa bouche était mince, ironique, et une ride, au coin du nez, laissait soudain deviner, sous le masque affable, un personnage secret, sans doute passionné et violent. Il était vêtu d'un complet de gabardine sans grâce. Le pantalon faisait un bourrelet autour de la ceinture de cuir tressé. A sa boutonnière, se serraient plusieurs minces rubans délavés.

« Mareuil », dit-il, en tendant rondement la main.

Il vit le cadavre et s'immobilisa une seconde. Déjà, le directeur commençait d'expliquer l'affaire.

« Pardon, coupa le commissaire, on n'a touché à rien ?

— Au téléphone, simplement. »

Mareuil s'accroupit près du corps, le retourna sur le dos. Un bras de Sorbier s'abattit mollement sur la moquette ; l'autre restait serré sur le ventre, comprimant une petite plaie qui saignait toujours.

« Pauvre Sorbier ! fit Mareuil. C'est la blessure la plus terrible que je connaisse. Heureusement, il n'a pas eu le temps de souffrir ! »

Il se releva, essuya son crâne où la sueur perlait en rosée.

« Alors ? On m'a parlé je ne sais de quelle disparition rocambolesque. Qu'est-ce qui s'est passé ?... Vous permettez ? »

Il tirait de sa poche un paquet de gauloises, s'asseyait sur le coin du bureau de Belliard, balançant négligemment une jambe, et déjà quelque chose s'était modifié dans l'atmosphère de la pièce. Un peu de confiance était revenue, comme autour du lit d'un malade, quand le médecin est là et que les responsabilités ont changé d'épaules.

« C'est très simple », commença Aubertet...

Mareuil écoutait, tandis que ses yeux commençaient à se promener autour de la pièce. De temps en temps, il crachait un brin de tabac, grommelait : « Je vois... Je vois... » et, quand le directeur eut terminé, il éclata d'un rire muet, qui lui secouait les épaules.

« Une histoire à dormir debout !

— Mais enfin... protesta Aubertet, interloqué.

— Vous savez, dit Mareuil, j'ai passé l'âge. »

Il ne précisa pas sa pensée, mais il était aisé de comprendre qu'il refusait de se laisser impressionner.

« Résumons-nous, dit-il. L'assassin est entré durant la pause du déjeuner... On verra tout à l'heure. A deux heures moins dix, il est ici, et la présence de Legivre dans la cour lui ferme toute retraite. Il abat Sorbier. Mon ami Belliard et

M. Renardeau arrivent. Il n'y a plus personne, mais un tube pesant vingt kilos a disparu... Question : par où est sorti l'assassin ?

— Exactement, dit Aubertet.

— C'est justement ce qui me chiffonne, remarqua Mareuil. Puisque le problème ainsi posé reste sans solution, c'est probablement qu'il est mal posé.

— Je t'assure, intervint Belliard...

— Tout à l'heure, mon petit Roger, coupa le commissaire. Le problème, on a tout le temps de le résoudre. Il faut d'abord établir les faits. Je peux m'installer dans le bureau à côté ? »

Il désignait celui de Sorbier.

« Je vous en prie, dit Aubertet. Je vais donner des ordres. Vous êtes ici chez vous.

— Merci.

— A tout hasard, j'ai fait fouiller l'usine. En ce moment, les gardes patrouillent dans les bâtiments. Ils rendront compte tout à l'heure...

— Excellent. »

Et le directeur, comme un bon élève, eut un rapide sourire de contentement. Mareuil jeta sa cigarette dans la corbeille à papier vide, et revint près du corps.

« J'interrogerai chaque témoin séparément. Pendant ce temps, mes hommes s'occuperont du corps, des empreintes... la routine, quoi ! Je serais heureux que vous restiez avec moi, monsieur le directeur. Toi, Roger, veux-tu aller chercher Legivre et attendre en bas, d'accord ? »

Le sourire ajoutait encore à l'autorité de sa voix... Belliard jeta à Aubertet un coup d'œil, qui signifiait : « Hein ! Qu'est-ce que je vous avais dit ? Avec lui les choses ne vont pas traîner ! »

Avant de sortir, il montra la douille au commissaire.

« On l'a ramassée au pied du classeur. »

Puis il s'éloigna à pas rapides.

« 6,35 », dit Mareuil.

Il la mit dans sa poche, et s'arrêta devant le corps.

« Lamentable ! murmura-t-il. Probablement l'homme le plus intelligent que j'aie jamais connu... Et si tendre, sous ses airs de matheux !

— Je sais, fit Aubertet.

— Je n'étais pas intime avec lui, continuait Mareuil, mais je l'admirais beaucoup. Je l'avais rencontré chez des amis qui sont d'enragés joueurs de bridge. Inutile de vous dire qu'il nous battait tous, même Belliard, qui est pourtant un as. »

Il mit un genou à terre et, avec une douceur inattendue, passa ses doigts sur les paupières du mort, les ferma, puis, comme s'il avait fait à Sorbier quelque promesse, il lui serra l'épaule.

« J'ai tout de suite pensé à une affaire d'espionnage, dit Aubertet.

— Oui... sans doute. »

Manifestement, Mareuil avait l'esprit ailleurs, il explorait les poches de Sorbier, jetait sur la moquette, près de lui, des pièces de monnaie, un briquet, des tickets d'autobus, un paquet de gitanes entamé, un mouchoir, un stylo, un portefeuille qu'il ouvrit. Le portefeuille contenait vingt et un mille francs, un permis de conduire avec la carte grise et la vignette, et une photo.

« Mme Sorbier, dit le commissaire.

— Je la connais », observa Aubertet.

Ils se penchèrent sur le mince carton. C'était une photo d'identité, exécutée dans quelque photomaton, mais qui n'arrivait pas à atténuer l'exaltante beauté de la jeune femme.

« Elle est danoise, je crois ? fit Aubertet.

— Non, suédoise. Fille d'un armateur. Elle a vingt-huit ans. »

Le visage souriait, lisse, bien dégagé par les cheveux clairs tirés en arrière et roulés en couronne. Les yeux, couleur d'eau, regardaient au loin, rêveusement.

« Il l'appelait la Fille aux Cheveux de lin, dit Mareuil. Je l'ai su par Belliard qui les fréquentait beaucoup... Linda, la Fille aux Cheveux de lin... La malheureuse, quand elle va apprendre... »

Mareuil réunit tous les objets dans le mouchoir qu'il posa sur le bureau.

« Allons-y », dit-il.

Passant devant Aubertet, il pénétra dans le bureau de Sorbier, se pencha à la fenêtre et fit signe à son équipe de monter. Le ciel était couvert. Des nuages en forme de montagnes, cernés d'un trait mauve, barraient l'ouest, et la sueur piquait la peau. Mareuil se retourna, étudia le coffre, de loin, puis apprécia rapidement la hauteur séparant la fenêtre du sol. Environ deux mètres cinquante. Bien. Il ouvrit les tiroirs du bureau, vit des chemises rangées avec cet ordre méticuleux qu'appréciait tant Sorbier.

« Tiens... »

Il y avait une enveloppe légèrement froissée dans

la corbeille à papier. Mareuil la saisit entre le pouce et l'index, à l'endroit des timbres. Elle était adressée à *Monsieur Georges Sorbier, ingénieur en chef. Compagnie générale des Propergols, Courbevoie.* Elle ne portait pas d'indication d'expéditeur.

« Une lettre recommandée, observa le commissaire... Postée hier soir à Paris. A quelle heure est distribué le courrier ?

— Le courrier ordinaire à neuf heures et à quatre heures. C'est un employé qui le porte, mais le facteur a dû venir lui-même, pour la signature. Sans doute entre onze heures et midi. Il sera facile de le savoir.

— La lettre a disparu, dit Mareuil. Elle n'était ni dans le portefeuille ni dans les vêtements de Sorbier. »

Il glissa l'enveloppe dans sa poche, prit familièrement le bras du directeur et montra le coffre.

« Maintenant, parlez-moi du vol. Je sais déjà, en gros, que l'objet est dangereux à manier. Précisez.

— Etes-vous au courant des recherches nucléaires ? demanda Aubertet.

— Franchement non. J'ai fait Math Elém', comme tout le monde. J'ai lu des articles de vulgarisation, comme tout le monde. Mais les protons, les neutrons, les électrons, les mésons... je nage un peu.

— Vous allez quand même comprendre facilement, dit Aubertet. D'abord, un mot concernant l'usine elle-même... Nous travaillons ici sur les propergols... Ce sont les produits utilisés dans la propulsion des fusées. Or, les carburants classiques supposent des fusées monumentales...

— J'en ai vu quelques-unes au cinéma, coupa Mareuil. Allez, je vous suis.

— On a donc été amené un peu partout dans le monde, continua Aubertet, à chercher un système de propulsion atomique. Mais la difficulté majeure, pour le moment, c'est celle qui consiste à doser la désintégration, à libérer progressivement son énergie ; or, Sorbier, à la suite de recherches tenues secrètes, a découvert récemment une nouvelle forme de charge creuse. Son invention est une espèce de lentille, de miroir, qui concentre la force d'une explosion ordinaire à un tel point que celle-ci libère l'énergie nucléaire d'une masse très faible d'uranium enrichi, masse bien plus faible que dans une bombe atomique.

— Je vois. Et l'objet volé, c'est ?...

— Un modèle de la charge creuse Sorbier, y compris la masse d'uranium enrichi.

— Passons. Ces questions-là ne sont pas de ma compétence.

— Attendez !... L'appareil est enrobé dans une couche de plomb et muni d'une double capsule d'ouverture, un peu comme une bouteille thermos. Si vous dévissez la première capsule, le tube commence à dégager une radioactivité intense. Mais si, par malheur, vous enlevez la seconde, sans prendre des précautions spéciales, le ralentisseur ne fonctionne pas, et tout saute. »

Un coup de tonnerre lointain fit sursauter les deux hommes. Ils écoutèrent le grondement qui s'achevait en molles détonations caverneuses et un carreau vibra dans son cadre. A ce moment, le téléphone sonna. Nerveusement, Aubertet prit la communication.

« Allô… oui… Bon… Continuez à fouiller. Merci. »

Il raccrocha.

« Naturellement, dit-il, ils ne trouvent rien. Où en étais-je ?

— Vous m'expliquiez que le tube se comporte comme une bombe.

— Ah ! oui… Tout saute… »

L'équipe de Mareuil travaillait dans le bureau de Belliard. Les flashes jetaient de rapides éclats. Un homme prenait des mesures, traçait sur la moquette une silhouette, à la craie.

« L'explosion serait puissante ? demanda Mareuil.

— Puissante ? Le mot est faible. Elle détruirait un quartier entier, et la moitié de Paris deviendrait radioactive pour une période de dix ans au moins. Tout le réseau souterrain du métro devrait être comblé… Je vous donne un ordre de grandeur approximatif, raisonnable.

— Diable !

— On peut entrer, patron ? lança un inspecteur.

— Grouillez », dit le commissaire.

Il se rapprocha du coffre, avec Aubertet, tandis que le spécialiste des empreintes soufflait sa poudre sur les meubles, le bord de la fenêtre. Le corps de Sorbier fut enlevé. Mareuil examinait la serrure du coffre-fort.

« Il y a une combinaison, expliqua Aubertet. Je ne comprends pas comment le meurtrier a pu s'y prendre, en si peu de temps…

— Fred, jeta le commissaire. Regarde s'il n'y a pas des empreintes, autour de la serrure et sur les clefs. »

Les mains dans les poches, une ride au front, il prenait la vraie mesure du mystère.

« Je pense à quelque chose, murmura-t-il. Vous avez des détecteurs de radioactivité ?

— Naturellement.

— Je voudrais que l'on vienne ici, avec ces détecteurs. Supposons que le tube, pour une raison quelconque, ait été ouvert, qu'une capsule ait été dévissée. Nous aurions une trace, une piste presque visible.

— Est-ce que vous vous rendez compte du danger que...

— Nous sommes là pour ça, dit Mareuil... Je crains, décidément, que cette affaire ne soit pas de notre ressort... Pouvez-vous me dire pourquoi Sorbier gardait ce tube ici ?

— C'était lui l'inventeur, n'est-ce pas ? De plus, il travaillait à perfectionner son appareil.

— J'entends bien. Mais il n'effectuait pas ses recherches dans ce bureau. Il les faisait au laboratoire, j'imagine.

— Evidemment. Mais il voulait garder un tube près de lui. Ce tube était en sécurité, dans ce coffre, plus encore que dans le laboratoire... Enfin, nous le pensions... Il faut d'ailleurs que je précise bien ce point : le pavillon est gardé, la nuit, par deux veilleurs. Le jour, les ingénieurs et les dessinateurs occupent les locaux. De midi à deux heures, quand le bâtiment est vide, deux veilleurs montent la garde en bas. Ainsi, le pavillon est constamment surveillé.

— Aujourd'hui, pourtant ?...

— Aujourd'hui comme d'habitude. Mais quelquefois Sorbier restait dans son bureau, de midi à deux heures. Il congédiait les deux gardiens car il ne supportait pas de les entendre aller et venir, et bavarder... Vous l'avez connu.

— D'accord. Il n'avait pas le caractère facile.

— Alors Legivre lui montait un en-cas, de la cantine.

— Où se tient-il, lui, ce Legivre ?

— Il habite une petite maisonnette, au bout du jardinet. Il surveille ainsi toutes les entrées, du côté de la ruelle.

— Très bien », soupira Mareuil.

Il arrêta son inspecteur par la manche.

« Des empreintes ?

— Oui. Un peu partout.

— Qui fait le ménage ? demanda le commissaire à Aubertet.

— A l'usine, il y a une équipe spécialisée. Ici, c'est tantôt Legivre, tantôt le concierge.

— A quel moment ?

— Le matin, entre six et huit. On essuie le mobilier et on passe l'aspirateur.

— Dans ce cas, les empreintes nous apprendront peut-être quelque chose. Combien y avait-il de clefs, pour ce coffre ?

— Deux. La seconde est chez moi.

— Fred, emporte le trousseau. Occupe-toi de l'autopsie et de tout le reste. J'en ai ici pour un bon moment. »

Les premières gouttes claquèrent sur le gravier, éclaboussèrent le bord de la fenêtre, et l'orage éleva sa voix, au fond de l'horizon.

« Il faudrait peut-être mettre le public en garde, suggéra Aubertet.

— Surtout pas, dit Mareuil. On va tâcher d'étouffer la nouvelle, au contraire. »

En bas, les ingénieurs et Legivre, surpris par la pluie, s'ébrouaient dans la salle des dessinateurs.

« Vous êtes sûr du personnel ? demanda Mareuil.

— Comme de moi-même. Vous pensez bien qu'on ne peut accepter ici n'importe qui. Chaque employé, du plus humble au plus élevé, a fait l'objet d'une enquête, au moment de son entrée à l'usine. Vous pourrez consulter le fichier, dans mon bureau.

— Renardeau ?

— Ancien élève de l'école d'électro-chimie, récita Aubertet. Trente-neuf ans. Croix de guerre. Aucune activité politique... Quant à Belliard... »

Ce fut au tour de Mareuil de répondre, en souriant.

« Ancien élève de Sup' Elec'. Sorti avec le numéro deux. Médaille de la Résistance. Ami du commissaire Mareuil depuis dix-huit ans. »

Pour la première fois, le visage d'Aubertet se détendit un peu.

« Vous voyez bien, dit-il. Tous irréprochables. Legivre lui-même — car vous alliez m'interroger sur lui, n'est-ce pas ? — Legivre est insoupçonnable. Ancien poilu de 14, blessé à Vauquois, a été ensuite employé au ministère de l'Intérieur pour de petites besognes, mais qui demandaient de l'intelligence et du dévouement. Il n'est plus bon à grand-chose, mais il se ferait tuer pour le service.

— Je consulterai quand même le fichier », dit Mareuil, en tirant de sa poche une cigarette toute tordue.

La pluie tendait devant la fenêtre une grille livide. Le marronnier semblait fumer. Le téléphone grésilla, étouffé par le tumulte de l'averse.

« Allô ! cria Aubertet... Oui, c'est moi... Alors, où en êtes-vous ?

— Je crois qu'ils peuvent abandonner, lança Mareuil. Le coup était trop bien monté.

— C'est bon... Laissez tomber... Je voudrais un homme, au pavillon, avec un geiger. Faites vite. Merci.

— Vous permettez ? » dit Mareuil.

Il prit le téléphone encore moite, brancha sur le réseau, forma le numéro de la P.J., demanda son chef. Aubertet s'écarta, discrètement.

« Mareuil à l'appareil... C'est une sacrée histoire qui nous arrive. On a volé un engin atomique qui peut exploser à tout moment et détruire quelque chose comme deux cents immeubles... Comment ?... J'entends très mal à cause de l'orage... La vérité, c'est que je n'aperçois pas l'ombre d'une explication. Le type s'est volatilisé. Je vous ferai le rapport ce soir. L'essentiel, c'est de museler la presse et de prendre des mesures de sécurité... Justement, je ne sais pas lesquelles... Les routes, les gares, les terrains, évidemment... Oh ! c'est très certainement une affaire d'espionnage. Ça m'étonnerait qu'on nous la laisse... D'accord... Merci. »

Il raccrocha. La machine policière tournait, maintenant. L'homme aurait du mal à prendre le large, mais s'il dévissait les capsules... Mareuil s'essuya les mains, les joues, le cou. Il ruisselait. Il se pencha au-dehors et la pluie lui inonda le visage, une pluie tiède qui sentait bon la marée basse. Un brouillard cuivré bouchait la rue, d'où sortait parfois une lueur rageuse, une explosion fracassante. Allons ! Il fallait ne pas se presser, surtout, cheminer petitement, d'un indice à l'autre ; l'assassin était sûrement quelqu'un de très subtil. On l'aurait au raisonnement, peu à peu, et pas autrement. Mareuil se passa sur la figure un dernier coup de mouchoir et se tourna vers Aubertet.

« Je vais commencer par Belliard, annonça-t-il. Voulez-vous le faire monter ? »

Mais ce fut le spécialiste du geiger qui se présenta le premier. Il portait un cylindre de métal noir.

« J'en étais encore à la « poêle à frire », plaisanta Mareuil. Vous vous rappelez, ce drôle d'outil à détecter les mines ? »

L'employé sourit.

« On a fait mieux depuis », dit-il.

Et il se mit au travail. Belliard arrivait.

« A nous deux, mon petit Roger... Commence au moment où tu as quitté l'usine. Quelle heure était-il ?

— Onze heures un quart, environ.

— Sorbier était dans son bureau ?

— Il téléphonait.

— Tu comprenais ce qu'il disait ?

— Oui. Des questions de service.

— Ensuite.

— Je suis allé à la clinique. J'ai ramené Andrée et le petit à la maison.

— Ça va, de ce côté ? Je ne t'ai même pas demandé de nouvelles.

— Oui. Je suis très content. Je suis... un autre homme !

— Tant mieux. J'irai présenter mes compliments à la maman. Quand j'aurai un moment de libre. Et après ?

— Je suis revenu un peu avant deux heures et j'ai parqué ma voiture dans la ruelle, à côté de celle de Renardeau. Nous sommes entrés ensemble.

— Attends... La porte de la ruelle, n'importe qui peut l'ouvrir ?

— Oui. Elle n'est fermée que le soir. Mais Legivre la surveille de sa loge.

— Seulement, il n'est pas toujours là. Continue.

— Nous avons contourné le pavillon, et vu Legivre sous le marronnier. C'est alors que tout a commencé, les appels au secours, le coup de revolver...

— Comment étaient-ils, ces appels ?

— Un peu étranglés, c'est normal. Nous avons couru et nous avons trouvé Sorbier, mort. Il y avait encore une forte odeur de poudre, dans la pièce. Renardeau est entré ici. Il n'y avait plus personne. Voilà. C'est tout. »

L'employé, derrière eux, poursuivait sa besogne.

« Quelque chose ? demanda Mareuil, en élevant la voix.

— Rien.

— Alors, voyez à côté, et puis dans l'escalier, la salle de dessin et la cour... »

Il revint à Belliard.

« Nous allons procéder à une petite expérience. Tu vas descendre et je te ferai signe. Tu remonteras aussi vite qu'au moment du crime. Dépêche-toi. »

Mareuil releva sa manche et s'apprêta à déclencher son chronomètre. La pluie avait brusquement changé d'aspect. C'était un crachin errant, l'intérieur verdâtre d'un nuage, et un coup de vent presque froid rebroussa les feuilles de l'agenda de Sorbier.

« Prêt ? cria Mareuil. Vas-y ! »

Il appuya sur le bouton de son chronomètre. La course de Belliard s'entendait nettement et se rapprochait à une vitesse impressionnante. Bientôt, Belliard, essoufflé, reparut sur le seuil. Mareuil bloqua l'aiguille.

« Quatorze secondes, constata-t-il. C'est invraisemblable. »

Aubertet, silencieusement revenu, hocha la tête.

« Le vol n'a pas pu être commis après, dit-il.

— Avant non plus, observa Belliard. Sorbier n'était pas homme à laisser vider le coffre sous la menace d'un revolver. Il a fallu que le voleur l'abatte d'abord. »

Le cercle infernal était refermé. Mareuil, de la main, balaya les difficultés.

« Envoyez-moi Legivre ! »

Legivre était un homme lourd, empâté par son infirmité. Il respirait bruyamment tout en essayant de se tenir au garde-à-vous. Mareuil lui serra la main.

« Vous allez pouvoir me renseigner utilement, dit-il. Pesez bien vos réponses. C'est vous qui êtes allé à la cantine chercher le déjeuner de M. Sorbier ?

— Oui. Comme chaque fois qu'il restait à travailler. On lui préparait un panier.

— Quelle heure était-il ?

— Midi et demi. J'ai l'habitude de noter tous ces détails.

— Vous êtes resté absent combien de temps ?

— Dix minutes. Dame, je n'avance pas vite, avec ma jambe. La cantine est de l'autre côté de l'usine.

— Bon. Vous êtes revenu. Vous avez traversé la salle de dessin. Il n'y avait personne ?

— Non. Ces messieurs étaient depuis longtemps partis.

— Ici non plus, il n'y avait personne ?

— Personne. J'ai mis le couvert, là, sur le coin du bureau. M. Sorbier était debout devant la fenêtre, là où vous êtes.

— Il vous a parlé ?

— Non. Il n'avait pas l'air commode. Il était dans ses mauvais jours. C'était un savant, mais pour ce qui est du caractère, alors là, il était pénible.

— Après ?

— Je suis allé déjeuner dans ma loge. Et, à une heure et demie, je suis venu desservir et rapporter le panier.

— A la cantine ?

— Oui. M. Sorbier avait à peine mangé. Ensuite, je me suis mis au frais, sous l'arbre.

— Et vous n'avez rien vu, rien entendu d'anormal jusqu'à l'arrivée de...

— Rien.

— Une autre question. Les fenêtres donnant sur le jardin ont-elles été ouvertes à un moment quelconque ?

— Oui. A sept heures, le temps que je fasse le ménage. Je les ai refermées ensuite, à cause de la chaleur.

— Et celles donnant sur la cour ?

— C'est M. Sorbier qui m'a dit de les ouvrir, au moment où je repartais.

— Et le coffre ? Avez-vous remarqué s'il était ouvert ou fermé ?

— Je n'ai pas fait attention. Je suppose qu'il était fermé, comme d'habitude.

— Vous supposez, seulement... Encore un point : dans la matinée, on a bien apporté à M. Sorbier une lettre recommandée ?

— Oui. J'ai même accompagné le facteur, seulement je suis resté en bas. »

Le commissaire se tourna vers Belliard.

« Mais toi, tu étais là, Roger ?

— Non. J'étais déjà parti. Tu crois qu'il y a un lien entre cette lettre et le crime ?

— Je cherche, mon vieux, je cherche. Je n'ai que ce petit indice. »

Mareuil tira l'enveloppe de sa poche et la regarda rêveusement, puis la rangea dans son portefeuille.

« En somme, Legivre, vous n'avez rien remarqué d'exceptionnel ?

— Non, monsieur le commissaire. Une matinée comme les autres.

— C'est bon. Je vous remercie. »

Legivre salua et partit en clopinant. Les trois hommes se rapprochèrent.

« Personne n'est sorti, dit Mareuil.

— Personne n'est entré, dit Belliard.

— Personne n'est venu », soupira Aubertet.

III

Le commissaire fit claquer ses doigts avec impatience.

« Non et non ! s'écria-t-il. Ça ne colle pas ! Il y a forcément un trou, une faille, quelque chose, quoi ! Nous sommes en train de fermer le cercle nous-mêmes, mais ce cercle ne peut pas être fermé. D'abord, n'oublions pas que la surveillance, hors du pavillon, n'a pas été constante. Il y a eu les allées et venues de Legivre. C'est capital. L'assassin est nécessairement arrivé pendant l'une des deux absences de Legivre. Et puis, Legivre, malgré toute sa bonne volonté, n'est peut-être pas le modèle du gardien vigilant.

— Il est très consciencieux, observa Aubertet.

— Bien sûr. Je ne prétends pas le contraire. Mais il est vieux, lent. Il suit sa petite routine de tous les jours. Il pense à ses petites affaires. L'effet de surprise a joué, une fois de plus, en faveur de l'assaillant. Au fond, c'est un hold-up qui a été réussi, comme tous, d'ailleurs, parce que le coup a été préparé de longue main et exécuté à la seconde près.

— Tu ne vas pas jusqu'à imaginer qu'il y aurait des complicités parmi le personnel ! dit Belliard.

— Impensable ! grommela Aubertet.

— On verra, on verra, dit Mareuil. Voulez-vous faire entrer M. Renardeau ?

Mais Renardeau n'apporta aucun élément nouveau. Lui aussi avait entendu les appels, le coup de revolver, senti l'odeur de la poudre, visité les deux bureaux vides. Il ne savait rien de plus.

« J'y pense, fit Mareuil. Est-ce que l'assassin n'aurait rien volé ici, outre le tube ? Des notes, des plans, des observations sur des expériences en cours ? »

Aubertet ouvrit les tiroirs du bureau, étala des dossiers.

« A première vue, je n'ai pas l'impression qu'il manque quelque chose. Je vérifierai. »

Machinalement, Mareuil pianotait sur un carnet d'adresses.

« Pas de visites, dans la matinée ? reprit-il.

— Non, dit Belliard. Aucune.

— Bon... Monsieur le directeur, voulez-vous fermer le coffre, je vous prie. Ensuite, vous le rouvrirez en faisant les gestes habituels, ni plus, ni moins vite.

— C'est que... je n'ai pas la clef. Elle se trouve dans mon bureau... Permettez... »

Aubertet téléphona à son secrétaire puis, apercevant dans la cour l'employé au geiger :

« Alors, Gaucher ? Rien ? »

— Rien, dit l'homme. J'ai écouté dans tous les coins.

— Merci. Vous pouvez disposer. »

L'orage s'éloignait, roulant encore derrière les bâtiments. Des fumerolles de vapeur tremblaient au-dessus des graviers. Un martinet passa.

« Pour moi, dit Mareuil, ce coffre était ouvert quand l'assassin est entré. Sorbier a probablement entendu du bruit dans le bureau d'à côté. Il a poussé la porte et il a frappé sur le seuil... »

Il se tourna vers les deux ingénieurs.

« Je m'excuse... Voulez-vous nous laisser une minute ? »

Et, dès qu'ils se furent éloignés :

« Quel était le mot de la combinaison, monsieur le directeur ?

— Linda.

— Qui connaissait ce mot ?

— Sorbier et moi.

— Sorbier ne l'aurait révélé à personne ?

— A personne. Je l'affirme catégoriquement.

— Je ne peux oublier cette lettre recommandée, reprit Mareuil. Il est difficile de ne pas voir un lien entre la lettre et le crime, car je ne crois guère aux coïncidences. Peut-être Sorbier connaissait-il le criminel ? Peut-être avait-il reçu des offres ?

— Il gagnait beaucoup d'argent, observa Aubertet. Et il n'était pas homme à se laisser acheter.

— C'est aussi mon opinion, dit Mareuil, mais c'est mon métier d'examiner toutes les hypothèses, même les plus idiotes. »

On frappa. C'était Cassan qui apportait la clef. Aubertet le présenta.

« Attendez-nous en bas, dit-il. Vous ferez visiter l'usine au commissaire Mareuil. »

Il ferma la porte du coffre, brouilla la combinaison.

« Je commence ? » demanda-t-il.

Mareuil regarda son chronomètre et baissa la main. La lumière revenait, peu à peu ; le toit s'égouttait. Des oiseaux pépiaient, dans le marronnier. Aubertet, posément, manœuvrait la serrure.

« Dix-neuf secondes, dit Mareuil. Plus de temps que Belliard et Renardeau n'en ont mis pour arriver. L'affaire est entendue. Le coffre était déjà ouvert.

— On commence, malgré tout, à y voir plus clair », dit Aubertet.

Mareuil hocha la tête.

« Résumons-nous. Ou bien l'homme s'est glissé dans la pavillon pendant que Legivre allait chercher le panier à la cantine, et il a attendu caché quelque part, vraisemblablement dans la salle de dessin ; ou il n'est arrivé que lorsque Legivre a remporté le panier. Dans un cas comme dans l'autre, il n'a rencontré aucune difficulté.

— Ce sont, en effet, les deux seules explications possibles.

— Attendez !... On peut également admettre qu'il y avait deux hommes. L'un tient Sorbier en respect, l'autre prend le tube et s'enfuit. Sorbier n'a pu opposer aucune résistance ; mais, soudain, il entend des voix dans la cour ; il appelle à l'aide, et le criminel l'abat.

— Mais ce complice, comment a-t-il pu disparaître ? Le problème demeure exactement le même.

— Exactement, dit Mareuil. J'imagine cette hypothèse pour ne rien négliger.

Il alla jusqu'à la porte, rappela, d'un geste, Belliard et Renardeau.

« La détonation a-t-elle fait beaucoup de bruit ?

— Non. Un 6,35, ce n'est jamais très bruyant, dit Belliard. Tu as dû en entendre plus que moi.

— Si vous n'aviez pas été là, si Legivre s'était trouvé dans sa loge ?

— Je pense qu'il n'aurait rien remarqué, fit Renardeau. Mais qu'est-ce que ça aurait changé ? »

Mareuil haussa les épaules et vint examiner la fenêtre ouvrant sur le jardin.

« Voyez, dit-il, l'espagnolette est bien tournée à fond. Il était impossible de s'en aller par là. »

Il passa dans le bureau de Belliard. Là aussi, la fenêtre était soigneusement fermée.

« Reste la cour, murmura-t-il... Un saut de plus de deux mètres... avec, peut-être, un poids de vingt kilos sur les bras... et, n'importe comment, Legivre l'aurait vu. Il aurait atterri à ses pieds ! »

Il se tourna vers Aubertet.

« Ce tube... il est muni d'une poignée ?... D'un système permettant de le transporter facilement ?

— Il est lisse, dit Aubertet. Imaginez, encore une fois, une bouteille thermos, ou un petit obus. On est obligé de le prendre à deux mains. Avec une seule main, c'est impossible. Mais le criminel avait peut-être apporté un sac, une boîte.

— Je dois avouer, reconnut Mareuil, que c'est un problème irritant. Dans la ruelle, en arrivant, vous n'avez croisé personne ?

— Personne, dit Renardeau.

— Et avant de tourner dans la ruelle ? Pas de voiture arrêtée ?

— Rien. La chaleur avait vidé les rues. Et puis, n'oublions pas que ce sont les vacances. Courbevoie était comme un désert.

— Si vous désirez visiter l'usine? proposa Aubertet.

— Je n'apprendrai sans doute rien de plus, dit Mareuil. Roger et vous, monsieur Renardeau, ne bougez pas d'ici. Mes hommes vont, d'ailleurs, remonter dans quelques minutes.

— Je vais faire garder le pavillon », fit Aubertet.

Il s'effaça pour laisser passer le commissaire.

Deux gardiens attendaient, en bas. Ils étaient vêtus d'un uniforme bleu, portaient un lourd pistolet à la ceinture. Ils joignirent les talons, saluèrent, la main à la casquette.

« Combien avez-vous de gardes? demanda Mareuil, tandis qu'ils traversaient la cour.

— Douze, dit Aubertet. Ce n'est pas assez. La preuve! Mais les crédits sont insuffisants. Et puis, à parler franchement, il n'y a rien à voler, ici. Du moins, nous le pensions! C'est la nuit que la surveillance s'exerce étroitement, à cause d'un sabotage toujours possible.

— Les visiteurs doivent laisser leur carte d'identité à l'entrée, observa Cassan. Nous n'avons jamais eu, en trois ans, le moindre incident. »

Ils arrivaient à l'angle du bâtiment et Mareuil eut un mouvement de surprise. Une petite cité ultra-moderne, masquée par les hauts murs des ateliers, s'étendait maintenant devant lui : pavillons à larges baies, séparées par des allées de ciment rougeâtre, château d'eau, réfectoires, laboratoires, hangars métalliques... Selon, la perspective, cela ressemblait à une cité universitaire, à un hôpital, à un aéroport. Des jeeps, des camions, roulaient, d'un groupe à l'autre ; on entendait vibrer des sonneries, claquer des machines à écrire.

« Curieux, dit Mareuil. Je m'attendais à voir... je ne sais pas trop... une usine, quoi, de grosses machines, des cheminées, des moteurs.

— Ici, dit Aubertet, tout marche à l'électricité. Nous laissons derrière nous le vieux bâtiment complètement transformé où nous incorporons à des propergols pour fusées l'uranium enrichi que nous fournit le Commissariat à l'Energie Atomique, et nous entrons dans la partie neuve du centre, celle qui est réservée à la recherche. Cassan vous donnera toutes les explications. A bientôt, commissaire. Tenez-moi au courant. »

Il tendit la main à Mareuil et se hâta vers un bloc à deux étages, tout blanc, verre et ciment.

« Par ici », pria Cassan.

Mareuil l'arrêta.

« Je ne suis ni un touriste ni un chargé de mission, fit-il en souriant. Je veux simplement jeter un coup d'œil au laboratoire où travaillait Sorbier.

— Je crains, dit Cassan, que vous ne vous fassiez une idée un peu trop... classique du laboratoire. En réalité, c'est le centre tout entier qui est un laboratoire. Imaginez un cabinet de physique dont le matériel d'expérience serait cela... »

Sa main embrassa les toits en terrasse, les pylônes compliqués qui amenaient les fils électriques ornés de boules multicolores, les grues presque fragiles, sous le ciel d'orage, les carcasses des bâiments en construction.

« J'entends bien, dit Mareuil. Mais il avait bien un coin à lui ? »

Cassan eu un petit rire et, de l'index, se frappa le front.

« Son coin à lui, murmura-t-il, c'était ça ! »

Ils gravirent un perron et Cassan poussa une haute porte vitrée, surmontée d'un écusson « C.G.A. ».

« Voici le département de métallurgie et de chimie appliquée... »

Ils traversèrent un vestibule. Derrière un bureau chargé de téléphones, un garde tamponnait des papiers. Mareuil s'immobilisa au seuil du premier laboratoire.

« Venez, dit Cassan. Il y en a beaucoup d'autres.

— Je vois, grommela Mareuil... C'est Métropolis. »

La salle était probablement vaste, mais elle semblait petite tellement elle était encombrée d'appareils géants. Des tuyaux, des faisceaux de fils, des lampes, des tubes de verre s'accrochaient à des châssis comme des plantes grimpantes aux arceaux d'une tonnelle. Des hommes en blanc, silencieux, allaient et venaient parmi la prodigieuse floraison, se penchaient sur des cadrans, manœuvraient des manettes. Un bourdonnement d'essaim sortait des murs, des parquets. Mareuil marchait avec précaution et méfiance.

« Ici, dit Cassan, à voix basse, on met au point les matériaux modérateurs de neutron...

— Mais Sorbier... ?

— Il supervisait. Son travail commençait quand s'achevait celui des autres. Il centralisait des résultats, si vous préférez. »

Les laboratoires se succédaient et Mareuil commençait à perdre pied. Les images se suivaient trop vite. Elles étaient trop différentes. On sortait d'une salle haute comme une église, sous la coupole de laquelle tournait un pont roulant, et on pénétrait dans une immense pièce, basse comme un blockhaus, où un ingénieur, tout seul, assis devant un clavier électrique en fer à cheval, regardait, devant lui, le long des murs, scintiller des signaux lumineux, glisser des chapelets de bulles bleues, rouges, vertes, s'ouvrir et se fermer des voyants phosphorescents, trembler, sur des cadrans argentés, des aiguilles fines comme des cheveux. Partout, des portes doubles, en acier plein, manœuvrées par des roues, munies de joints étanches. Partout des signaux : *Attendez... Entrez...* Il y avait des salles qui ressemblaient à l'intérieur, démesurément amplifié, d'un poste de radio, et d'autres qui paraissaient appartenir à un musée, salle de la pile, salle du cyclotron...

« Tout cela est en construction, expliquait Cassan. Nous sommes encore en retard sur les Américains, les Anglais et les Russes...

— Ils connaissent tous vos résultats ?

— Bien sûr.

— Et l'invention de Sorbier !

— Ils en connaissent aussi le principe. En ce domaine, il n'y a pas de mystère. Ce sont les procédés qui sont tenus secrets. Tel procédé représente un an, deux ans d'avance. Le procédé trouvé par Sorbier nous donne un avantage momentané.

— Dans ce cas, n'était-il pas stupide de supprimer un homme de la valeur de Sorbier ?

— Assurément. Je ne peux croire à la préméditation.

— Où travaillait-il, quand il faisait ses recherches ?

— Nous y arrivons. »

Cassan referma la dernière porte blindée, emmena Mareuil le long d'un couloir semblable à une coursive, avec ses cabines alignées, à droite et à gauche, ses globes laiteux au plafond et un tapis de caoutchouc. Ils pénétrèrent dans une pièce carrée, dont un mur n'était qu'une immense vitre. Au-delà, c'était la Seine, le fourmillement des toits et l'énorme ciel cuivré, où l'orage s'éloignait, sous l'arbre polychrome d'un arc-en-ciel brouillé de pluie. Mareuil s'avança lentement... Même ameublement ascétique que là-bas, dans le bureau où Sorbier était mort... classeurs, fichiers, table nue...

— Il ne se plaisait pas, ici, observa Cassan.

— Pourquoi ? »

Du menton, Cassan montra Paris qui fumait encore sous l'averse.

« Il n'aimait pas se sentir regardé !

— Oui... je vois, dit Mareuil.

— Et puis, reprit Cassan, il était fréquemment dérangé, venez voir ! »

Il ouvrit une porte, et Mareuil, se penchant, découvrit une longue salle où travaillaient une vingtaine d'ingénieurs. Cassan referma doucement.

« Ses collaborateurs immédiats, dit-il.

— Mais alors, observa Mareuil, cette invention... elle a été mise au point collectivement, en quelque sorte !

— Evidemment ! Nous ne sommes plus au temps d'Edison ou de Branly.

— Dans ce cas... attendez, je vais peut-être dire une sottise... il suffisait d'enlever un de ces ingénieurs, ou de l'acheter... »

Cassan secoua la tête.

« Impossible. Le travail collectif est un travail parcellaire. Seul Sorbier était en possession de toutes les données des problèmes. Le tube était le fruit de ses recherches. »

Mareuil, attiré par la lumière, revint vers la vitre. Il dominait le centre, voyait en plongée le damier des bâtiments, la cour principale dont l'accès était commandé par une barrière rouge et blanche semblable à celle d'un passage à niveau, la cabine vitrée du père Ballu, le toit de tôle d'un garage de bicyclettes... Ses yeux suivaient le mur d'enceinte... là-bas, le pavillon des dessinateurs, la porte de la ruelle... tout au fond, la maisonnette de Legivre... Au-delà, s'étendait Courbevoie, il y avait d'autres usines, d'autres vies, innombrables... et la mort, d'une seconde à l'autre, pouvait transformer ce coin de monde en désert. Et c'était lui, Mareuil, qui avait été choisi pour stopper le cataclysme. Et il n'avait pas le moindre indice, la moindre idée de départ. Si, il y avait cette enveloppe, dans son portefeuille. C'était dérisoire !

Il soupira, appuya sur la vitre son front moite. « Personne n'est sorti, pensa-t-il, personne n'a pu sortir... » Mais sa tête devenait douloureuse dès

qu'il s'attachait à cette idée. Par où commencer ?...
Les résultats de l'autopsie ne seraient pas connus
avant demain matin. D'ailleurs, ils n'apprendraient
rien... Et si Sorbier s'était suicidé ?... Impossible.
D'abord, il n'aurait pas appelé à l'aide... Et on
aurait retrouvé le pistolet...

Cassan attendait, en fumant une cigarette.

« Est-ce que Sorbier possédait un revolver ?
demanda Mareuil sans se retourner.

— Je l'ignore, dit Cassan. Je ne pense pas. En
principe, le personnel n'est pas armé. »

Parbleu ! C'était l'évidence même. Et d'ailleurs,
Sorbier n'était pas d'un caractère à se supprimer. Il
fallait trouver autre chose. Mais quoi, quoi ?

« Quels sont les gens qui restent à l'usine, de
midi à deux heures ?

— Les manœuvres et quelques employés qui
habitent trop loin, mais ils n'ont pas l'autorisation
de circuler.

— Combien en tout ?

— Une cinquantaine, en cette saison. Davantage en période normale.

— Ils sont surveillés ?

— Pas directement. Mais les abords de la cantine, oui.

— Où est-elle, cette cantine ? »

Cassan désigna, en bordure de la cour principale,
un long rez-de-chaussée dont les fenêtres ouvertes
laissaient voir des tables alignées.

« C'est là que Legivre venait chercher le panier
de Sorbier ?

— Oui. Vous remarquerez la disposition des
allées. Elles s'ouvrent en éventail à partir de la

cour. Et il y a un poste de garde au carrefour. D'ici, vous ne pouvez pas l'apercevoir. Il est masqué par le toit de la salle de Documentation. Mais il est impossible de sortir de la cantine et de s'approcher du centre sans être contrôlé.

— Les gardiens ? Vous êtes sûrs d'eux ?

— Ce sont tous des policiers détachés. Ils ont été choisis avec le plus grand soin.

— On aurait dû prévoir un poste à la porte de la ruelle.

— Je sais. Mais, encore une fois, le centre traverse une période difficile d'organisation et de modernisation. Il y a un plan qui prévoit la suppression de cette seconde entrée. Considérez aussi qu'aucun service important ne se trouve dans cette partie du centre. »

Le soleil éclaira les toits, fit briller les flaques et luire les lignes à haute tension. Mareuil regarda sa montre : trois heures et demie. Cassan tendit sa boîte de Craven.

« Voulez-vous me permettre ? »

Et il ajouta, en offrant son briquet :

« Vous avez une idée ?

— Pas la moindre, grommela Mareuil. Et savez-vous ce qui me gêne le plus ? Ce n'est pas le crime lui-même. C'est tout ce que vous venez de me montrer. Dans une banque, dans une bijouterie, dans un hôtel, je me sentirais à l'aise. Je saurais par quel bout prendre l'enquête. Mais ce décor futuriste... Vous voyez ce que je veux dire... on a l'impression que n'importe quoi peut arriver, ici... Qu'on peut devenir invisible, ou tuer à distance !

— Alors ? Qu'est-ce que vous allez faire ? »

Mareuil laissa tomber son regard sur le petit Cassan, trop élégant dans son complet de gabardine.

« Prendre un bain », dit-il.

IV

A cinq heures et demie, le commissaire Mareuil retrouvait Belliard à la porte des Sablons. En voyant que Belliard avait revêtu un costume sombre, Mareuil fit claquer ses doigts avec impatience.

« Je deviens idiot, dit-il... Tant pis, j'y vais dans cette tenue. La pauvre Linda ne m'en voudra pas. »

Il ferma sa voiture à clef et prit familièrement le coude de son ami. Ils suivirent le trottoir ombragé du boulevard Maurice-Barrès.

« C'est la bouteille à l'encre, cette affaire !

— Tu n'as rien découvert de neuf ? demanda Belliard.

— Pas ça.

— Viens dîner à la maison. Nous pourrons parler tranquillement.

— Non, merci. Pas ce soir. Trop de détails à liquider. Demain, si j'ai le temps. C'est toi qui vas lui dire... Moi, tu sais, ce genre de commission !... Et puis, vous étiez assez intimes. »

Ils s'arrêtèrent devant la grille d'une villa cossue. Jardin, garage. Deux étages. Un silence distingué.

« Intimes, n'exagérons rien, dit Belliard. Il était difficile d'être intime avec Sorbier. Mais nous nous rencontrions une fois par semaine... le dimanche, en général.

— Tous les quatre?

— Ces derniers temps, Andrée ne m'accompagnait plus. Dans son état, elle préférait ne pas se montrer. Et puis, tu sais combien elle est sauvage ! »

Belliard sonna, poussa la grille. Sur le perron, il se retourna vers Mareuil. Il était pâle.

« Mon vieux, excuse-moi... Non, je ne pourrai pas. Toi, avec ton métier, ce n'est pas la même chose... »

Déjà, la porte s'ouvrait, et la vieille Mariette les priait d'entrer. Elle leur sourit.

« Madame vient tout de suite. »

Ils étaient dans le salon et n'osaient plus se regarder. Ils entendirent claquer les hauts talons de Linda.

« Elle sera courageuse, murmura Belliard. C'est quelqu'un de bien. »

Linda parut, au seuil de la double porte, tendit les mains.

« Bonjour, Roger. Bonjour, monsieur Mareuil. Quelle heureuse surprise ! »

Elle était grande, mince, d'une élégance raffinée dans sa simple robe blanche. Avec sa natte posée sur sa tête comme une couronne, et ses yeux si clairs, elle était royale.

« Madame... » dit Mareuil.

Il paraissait si malheureux qu'elle éclata de rire.

Un vrai rire de jeune fille aimant la vie, les fêtes, les fleurs.

« C'est un pénible devoir, bredouilla Mareuil... Je suis désolé... »

Linda, surprise, chercha les yeux de Belliard.
« Qu'est-ce que... ? »

Les deux hommes se taisaient. Lentement, Linda s'assit sur le bras d'un fauteuil.

« Georges ?... » murmura-t-elle.

D'un bouquet de roses, deux pétales se détachèrent. Ils étaient si tendus qu'ils faillirent sursauter.

« M. Sorbier était un combattant, à sa manière, dit Mareuil. Un soldat. »

Linda ne bougeait plus. Mais sa main, comme animée d'une vie propre, remontait vers sa gorge et c'était comme le cheminement d'une douleur affreuse qui allait éclater, détruire l'harmonie du beau visage penché. Belliard s'avança pour la soutenir.

« Il est mort ? fit-elle, d'une voix incertaine.

— Oui, dit Mareuil. Il n'a pas eu le temps de souffrir. »

Et, sentant que s'il parlait, s'il arrivait à dissiper le silence inhumain qui sortait, comme un brouillard, des meubles, des tableaux, des tentures, du piano noir, il aiderait Linda à se défendre, à se vaincre, il expliqua tout, d'un trait, l'étrange crime, l'incompréhensible vol, la fuite hallucinante du meurtrier... Belliard approuvait, ajoutait parfois un détail, et ce que Linda entendait était si étonnant, si absurde aussi, qu'elle en oubliait presque son chagrin, que tout cela devenait un conte atroce et fantastique dont chaque péripétie lui affirmait, sans doute, que son mari était bien mort mais, en même temps, lui proposait une énigme qui tenait en échec la souffrance. La main en visière sur les yeux, les épaules voûtées, elle écoutait, murmurait d'une tremblante voix de petite fille : « C'est incroyable. C'est incroyable...

— Et maintenant, dit Mareuil, nous sommes tous menacés. Que l'assassin soit un fou, et non un espion, qu'il veuille se venger de la guerre, de la science, de l'humanité, c'est un quartier de Paris qui peut disparaître ou du moins devenir en quelques heures un désert. »

Linda laissa retomber son bras.

« Est-ce que je pourrai le revoir ?

— C'est très facile, dit Mareuil. Il est à l'Institut médico-légal. Roger vous accompagnera. »

Belliard posa sa main sur l'épaule de la jeune femme.

« Ma voiture est à côté, chuchota-t-il. Si vous vous sentez assez forte, il vaut mieux y aller maintenant. »

Elle se leva et faillit perdre l'équilibre. Belliard la soutint, mais elle l'écarta.

« Non, merci, Roger... Il faut bien que je m'habitue. »

Elle contourna le fauteuil, un bras à demi tendu, comme une aveugle. Et puis, pour cacher ses larmes, elle se hâta de sortir. On l'entendit qui courait. Mareuil eut un geste d'impuissance, comme s'il s'était senti accusé.

« Qu'est-ce que je pouvais dire d'autre ?... C'est navrant. Tu crois qu'elle tiendra le coup ?

— Je crois, dit Belliard. Elle a été élevée à la dure, malgré sa fortune.

— Je suppose, reprit Mareuil, que c'était un ménage très uni ?

— Sans aucun doute. Ils n'étaient pas du genre tourtereaux, évidemment. Ce pauvre Sorbier gardait toujours un masque de froideur et Linda est une fille toute en dedans, tu comprends ?

— Oui, je vois, je n'ai pas été trop brutal ?

— Mais non, mon vieux.

— Tu es sûr qu'elle ne m'en voudra pas ?

— Mais qu'est-ce que tu vas chercher !

— C'est que j'aurai sûrement besoin d'elle. Il va falloir que j'étudie à la loupe les dernières heures de Sorbier. »

Mareuil fit le tour du salon, tout en réfléchissant. Il s'arrêta devant un portrait du mort, contempla distraitement les tableaux. Quelqu'un pleurait, dans le lointain des pièces désertes. La vieille Mariette.

« Il y a vingt ans qu'elle est au service de Sorbier, dit Belliard.

— Et puis ? demanda Mareuil. Employait-il d'autres personnes ?

— Un chauffeur. Lui qui savait de quoi sont faites les étoiles, il était incapable de distinguer le starter du bouton de chauffage.

— Où est-il, ce chauffeur ?

— Là, mon vieux, tu m'en demandes trop. »

Linda revenait. Elle avait revêtu un imperméable bleu. Malgré son visage tiré, elle était ravissante.

« Vite », dit-elle.

Ils devinèrent qu'elle était à bout et se dépêchèrent de sortir. Belliard l'aida à s'asseoir près de lui, dans la voiture.

« Je te téléphonerai, dit Mareuil.

— Tu ne peux pas venir avec nous ?

— Impossible. Je dois enquêter sur cette lettre recommandée. »

Belliard démarra et le commissaire s'installa dans sa 4 CV. Il était six heures. Mareuil gardait une conscience presque douloureuse du temps qui passait si vite et il se sentait cependant désœuvré, incapable de prendre une initiative. Seule la routine le soutenait. Il entrouvrit son portefeuille et étudia l'enveloppe, une dernière fois. Le cachet de la poste était très lisible : *Boulevard Gouvion-Saint-Cyr.* Il mit en route ; le boulevard était presque désert. La musique d'un manège d'enfants s'élevait, derrière les haies du jardin d'acclimatation. Si l'assassin avait attaché à sa lettre une grande importance, il n'aurait pas oublié l'enveloppe, dans la corbeille. Il est vrai qu'il n'avait pas eu beaucoup de temps... Quatorze secondes ! Ce chiffre, tellement absurde, exaspérait Mareuil. D'ailleurs, pourquoi quatorze secondes, puisque l'assassin n'était pas sorti ?

Il freina, évita de justesse une sorte de petit bolide rouge, jailli du Bois, et jura comme il aimait à le faire, quand il était seul. Puis il pensa à Linda et à Sorbier. Couple étrange ! Lui, sévère, taciturne, travaillant presque jour et nuit ; elle, irréelle, un peu fée, posant ses regards étonnés sur les êtres. Comment vivaient-ils, tous les deux, une fois les portes refermées ? De quoi pouvait-il bien lui parler ? De neutrons ? D'accélérateur de particules ? Là-bas, cette usine de cauchemar, pleine de machines insolites. A Neuilly, la grande maison silencieuse, derrière ses volets mi-clos. « Je brode, songea Mareuil, je romance. J'oublie mon métier ! » Il trouva un emplacement pour sa voiture et repéra le bureau de poste. Le contrôleur s'empressa.

« A votre service, monsieur le commissaire. Si je peux vous être utile.

— Oh ! c'est bien simple. Je voudrais l'adresse de l'expéditeur... Attention ! Ne touchez pas, à cause des empreintes. »

Impressionné, le contrôleur nota le numéro porté sur l'enveloppe, la date et l'heure d'expédition.

« Asseyez-vous. Mais si, prenez ma chaise, je m'occupe personnellement de cette affaire. Dans trois minutes, nous serons fixés. »

Il s'éloigna, plein d'un zèle touchant. Mareuil, lui, se méfiait. Il était trop intelligent, il avait trop d'expérience pour ne pas flairer la fausse piste, le coup monté ; cette enveloppe avait peut-être été laissée exprès... et lui, donnant dans le panneau, il était là, impuissant et berné, tandis que l'assassin filait vers quelque frontière amie... Mais cette hypothèse n'était pas non plus très bonne. Mareuil ne la « sentait » pas. Il était presque sûr, au contraire, que l'homme se terrait à Paris même et que le tube n'était pas loin. Un chantage politique ne l'aurait pas surpris.

« Voilà le renseignement, s'écria le contrôleur, qui revenait en coup de vent. J'ai recopié sur le talon de la fiche : *Paul Leleu, 96, avenue des Ternes*. Attendez, je vous tape l'adresse ; ce sera plus net. »

Il jubilait, l'excellent homme, envoyait à Mareuil des sourires appuyés, tout en tapant avec deux doigts.

« Il s'agit de quelque chose de sérieux ? demanda-t-il.

— Un vol, dit Mareuil.

— Eh bien, votre voleur est pris, conclut le contrôleur avec enjouement. Bonne chance, monsieur le commissaire. »

Pris ? Pas si vite ! Pourtant, Mareuil éprouva ce gonflement du cœur, ce battement d'espoir qu'il connaissait si bien, au début d'une enquête. « Une enquête, disait-il parfois, il n'y a rien qui ressemble davantage à un flirt ! » Il courut jusqu'à l'avenue des Ternes, toute proche. Un bureau de tabac occupait le rez-de-chaussée du 96. Mareuil longea le couloir, trouva la concierge dans sa loge, entre un chat blanc et un mannequin de couturière.

« Paul Leleu ?... répéta la concierge avec lenteur. Paul Leleu ? Non... Ce n'est pas ici.

— C'est peut-être un parent ou un ami d'un de vos locataires ?

— Je connais la maison, dit la vieille femme en toisant son visiteur par-dessus ses lunettes. Il n'y a jamais eu de Paul Leleu ici. »

Mareuil n'insista pas, et entra au tabac. Le buraliste, lui non plus, n'avait pas entendu parler de ce Paul Leleu. Il connaissait tous ses clients, rien que des habitués. Eh bien, jamais ce nom n'avait été prononcé par personne. « Tant mieux ! » faillit crier Mareuil. Pas de Leleu, cela

66

signifiait que la piste était brouillée mais qu'elle était bonne. L'expéditeur de la lettre avait pris ses précautions pour déjouer les recherches. Il les craignait donc. La lettre jouait donc un rôle dans le drame !

Mareuil rebroussa chemin, grimpa dans sa voiture. Il trouverait Bellenfent à la P.J. Et Bellenfent pourrait peut-être découvrir sur l'enveloppe une empreinte digitale. L'enveloppe avait été touchée, après l'inconnu, par l'employée des postes, les trieurs, le facteur, Sorbier... Cela faisait beaucoup de monde !... Mais Bellenfent arrivait à « lire » les empreintes à demi effacées. Il avait le sens des empreintes comme d'autres ont celui du dessin. Et il savait tirer un merveilleux parti des loupes, des microscopes, des procédés les plus modernes de la chimie. L'Etoile, les Champs-Elysées, la Concorde, Mareuil attrapa les quais et fila plus vite. Le ciel s'était dégagé. L'air était doux, sucré. De temps en temps, un insecte s'écrasait sur le pare-brise. Des cars étincelants, pleins de touristes étrangers, se suivaient, le long du Louvre. Et il suffisait d'une imprudence, d'un simple geste de curiosité, une capsule qu'on dévisse... le mal commencerait à se répandre. Au fait, comment décèlerait-on sa présence ? Est-ce que les gens tomberaient brusquement, comme foudroyés, ou bien languiraient-ils pendant des jours ou des semaines ? Songer à se renseigner le plus rapidement possible. Et si Bellenfent découvrait une empreinte suspecte ? Mais d'abord, comment discerner les empreintes utiles et les empreintes négligeables ?... Grâce aux sommiers ! Peut-être découvrirait-on une empreinte déjà enregistrée ? Une chance sur mille ! Et si cette dernière chance s'évanouissait, alors, ce serait fini. Il faudrait chercher un autre fil et il n'y avait pas d'autre fil. En une sorte de rapide coup d'œil mental, Mareuil revit l'usine, le pavillon, la cour, les témoins... Cet énorme matériel d'enquête était inutilisable. Pas d'indices, pas de suspects. Et il allait falloir expliquer tout cela au grand patron !...

Mareuil rangea sa voiture, passa, tête basse, sous le porche de la P.J. Il n'était pas ambitieux, mais il n'aimait pas l'échec et les ironies faciles du directeur le mettaient toujours hors de lui. Fred l'attendait.

« Qu'est-ce que c'est ? dit Mareuil. Une tuile ?

— Non. Je voulais simplement vous prévenir qu'il veut vous voir. »

Du pouce, il indiquait l'étage supérieur. Il baissa la voix, pour ajouter :

« Le chef du cabinet du ministre est là.

— Depuis longtemps ?

— Trois quarts d'heure.

— Bon. Prends cette enveloppe... par le coin, pas de blague. Porte-la à Bellenfent. Qu'il s'en occupe tout de suite. Et qu'il trouve. Tu entends, Fred ? Il faut qu'il trouve. Sinon, je saute... Tu peux lui dire ça. »

Lhuillier, le directeur de la P.J., était un homme encore jeune, d'allure sportive ; les cheveux coupés en brosse, les yeux d'un bleu intense, il affectait des manières brusques, choisissait ses mots pour leur donner le maximum d'autorité. Il ne souriait jamais. « Il est triste, côté façade, disait Mareuil.

68

Mais brave type, côté jardin. » Lhuillier présenta le commissaire à un garçon d'une trentaine d'années qui avait l'air fort important.

« Je viens d'exposer la situation à M. Rouveyre, commença-t-il. Ce n'est pas une tâche facile. On risque de passer pour un mauvais plaisant, avouez-le.

— J'ai peine à croire, dit Rouveyre, que les choses se soient passées comme... »

D'un geste, Mareuil l'interrompit.

« Imaginez que cette pièce soit celle du crime. D'un côté, la fenêtre ouverte et, en bas, le surveillant, un homme insoupçonnable. De l'autre, la porte et, fermant le passage, deux ingénieurs également insoupçonnables. Ici, le corps de Sorbier. A côté, le coffre vide. Voilà ce qui a été établi d'une manière absolument indiscutable. Je regrette que les faits ne s'arrangent pas d'une manière moins insolite...

— Vous n'êtes pas en cause, dit Lhuillier. Avez-vous un point de départ, des éléments sérieux ?

— Rien. »

Lhuillier se tourna vers Rouveyre.

« L'enquête n'en est qu'à son début et le commissaire Mareuil est adroit, d'habitude... »

« Il est en train d'offrir ma tête au ministre de l'Intérieur », songea Mareuil.

« Je suis certain que les deux jours qui viennent apporteront du nouveau, continuait le directeur.

— Si les journaux apprennent le vol du tube, dit Rouveyre, la panique est inévitable. Nous ferons le nécessaire, évidemment. Mais enfin notre pouvoir a des limites. Si l'on nous met au pied du mur, qu'est-ce que nous répondrons, je vous le demande ? Quelles précautions pouvons-nous prendre ?

— Aucune, dit Mareuil. Une région contaminée doit être évacuée sur-le-champ. »

Les trois hommes se regardèrent en silence.

« Des équipes, munies de compteurs geiger, patrouilleront dans Paris, fit Rouveyre avec lassitude.

— La Sûreté est également au travail, remarqua Lhuillier. S'il s'agit vraiment d'une affaire d'espionnage, ils le sauront vite. Quant à vous, Mareuil, vous avez carte blanche. Tous nos moyens sont à votre disposition. Voyons ! Quelle est votre impression ? Parlez ! »

Mareuil hésita, non par crainte ou timidité, mais par scrupule intellectuel.

« Mon impression ? dit-il... D'abord, cette affaire ne ressemble à aucune autre. D'habitude, on enquête sur la victime ; les recherches s'élargissent lentement et tôt ou tard le criminel est englobé dans cette zone de soupçons, de vérifications ; il est situé, s'il n'est pas encore pris. On sait où l'on va. Mais là ! Tout se passe dans un monde qui n'est pas celui du crime vulgaire. Sorbier est un homme inattaquable. Autour de lui, rien que des hommes au-dessus de tout soupçon, des chercheurs, des gens épris d'idéal. Et puis enfin, le crime lui-même est impensable. Par où prendre une enquête, franchement, quand l'assassin semble dépourvu de réalité, d'épaisseur, d'existence ; quand on ignore comment il s'est débrouillé pour disparaître avec un poids de vingt kilos dans les bras et quand on ne peut même pas apercevoir son motif ! »

Mareuil, mécontent d'avoir parlé si longtemps, haussa les épaules et pêcha, dans sa poche, une cigarette en tire-bouchon. Mais il était lancé, maintenant, et il repartit de plus belle.

« Bien sûr, on pense tout de suite à un espion. Moi-même, sur le moment, j'ai cru aussi que... Mais où voulez-vous qu'il aille, cet espion, avec un tube plus pesant qu'un obus de 75. Ce sont les plans, les formules, qui intéressent les espions. Ils travaillent dans le microfilm, pas dans la manutention des poids lourds. Plus vous réfléchissez à cette affaire et plus elle est absurde. Je ne dis même pas mystérieuse. Je dis absurde. Elle décourage toutes les hypothèses. Voilà mon impression.

— Allons, allons, dit Lhuillier... Désirez-vous que je vous donne Rebier ? ou Ménard ?

— Ça ne changerait rien, grogna Mareuil.

— Nous, ce que nous demandons, dit Rouveyre, c'est le tube. Il nous le faut le plus vite possible. Sinon, nous allons au-devant de complications dont vous n'avez pas idée. Nos partenaires de l'Alliance atlantique ne manqueront pas de s'émouvoir.

— Nous le trouverons ! » intervint Lhuillier, précipitamment.

Rouveyre se leva, salua Mareuil et tendit la main à Lhuillier.

« Tenez-moi au courant, heure par heure. M. le ministre attache à cette affaire un intérêt considérable. »

Les deux hommes échangèrent encore quelques

propos, à voix basse, devant la haute porte capiton-
née, puis, Rouveyre parti, Lhuillier poussa un
soupir et revint vers Mareuil.

« Nous sommes dans de beaux draps, murmura-
t-il. Vous auriez dû lui donner un peu plus
d'espoir, mon pauvre Mareuil. De vous à moi, est-
ce que les choses s'annoncent aussi mal ?

— Presque.

— Ah ! Presque ! Vous apercevez donc une
petite lueur ?

— Si petite.

— Il aurait fallu le dire.

— J'attends un renseignement de Bellenfent.
Dès que j'aurai une réponse, je vous préviendrai. »

Lhuillier décrocha sa gabardine, regarda la pen-
dule électrique.

« Je serai chez moi jusqu'à neuf heures. Après, je
dîne chez des amis. Mais on vous donnera leur
numéro. N'hésitez pas à m'appeler. Bonsoir,
Mareuil. Défendez-vous, que diable ! »

Le commissaire descendit à son bureau où Fred
l'attendait.

« Alors ? dit Fred.

— Des menaces voilées. Pas mal d'affolement,
aussi... Je sauterai peut-être, mais je ne serai pas le
seul... Tu as fait venir un plateau, c'est gentil. »

Mareuil décapsula une canette et but à la bouteille. Fred l'observait avec une ride d'inquiétude.
Mareuil reprit son souffle, posa la bouteille vide sur
le bureau et demanda :

« Bellenfent ? Quoi de neuf ?

— Il s'est mis au travail. Il a trouvé une bonne

demi-douzaine d'empreintes, mais il prétend qu'elles ne sont pas fameuses.

— J'y vais, décida Mareuil. Reste ici. Note les communications. »

On avait installé depuis peu, sous les combles, un second laboratoire pour Bellenfent. Les sommiers se trouvaient à l'extrémité du même corridor. En dépit des pancartes *Défense de fumer,* des bouts de cigarettes jonchaient le parquet.

« Ah ! te voilà, dit Bellenfent. Tu m'envoies une jolie camelote. »

Il était vêtu d'une blouse sale, tachée, rongée par les acides. Il était blond, velu, miteux, frisé, et une mèche, tortillée comme un ressort, se balançait devant ses yeux. L'enveloppe, saisie par des pinces, était violemment éclairée par un projecteur à tige souple et des fioles encombraient la table.

« J'ai sept empreintes, dit Bellenfent, mais à part deux, le reste, c'est de la saleté. »

Il présenta à Mareuil des bacs émaillés où flottaient des photos.

« Minable, fit-il. Les gens se lavent trop. Celle-là n'est pas trop mal... Celle-là, à la rigueur... »

Mareuil ne distinguait que des traînées grisâtres, vaguement striées de veinules plus claires.

« Un pouce gauche, commentait Bellenfent. Et c'est un pouce qui me dit quelque chose. J'ai sûrement vu ce pouce-là, mais quand ? »

Il fermait à demi les yeux, sondant sa prodigieuse mémoire.

« Sans entrer dans des détails techniques, murmurait-il, je peux affirmer que ce pouce a été légèrement écrasé, il y a très longtemps. On relève encore une trace de suture, au bas de la phalangette... J'attends les agrandissements. »

Il cria, vers le fond du laboratoire.

« Alors, ces clichés ? »

Puis, revenant aux photos qui ondulaient dans leurs bacs :

« Le type a dû nous passer dans les mains, mais pour une petite affaire, sans ça, je me rappellerais... »

Un assistant apporta les agrandissements encore humides et Bellenfent les fixa, côte à côte, sur une planche, à l'aide de punaises, se recula un peu, tête penchée.

« Tu vois comme moi, expliqua-t-il, la cicatrice... et ici l'écrasement des crêtes... »

Son doigt se promenait sur l'image, comme sur une carte d'état-major, interprétait le tracé de chaque ligne.

« L'histoire me revient, poursuivit-il. Le type avait essayé d'ouvrir un coffre. »

Le mot fit battre le cœur de Mareuil.

« Un coffre ?

— Oh ! pas un véritable coffre-fort. Un petit coffre à secret, chez un médecin... Je ne sais plus ce qu'il fabriquait, chez ce médecin... En tout cas, l'empreinte a joué un rôle... Attends-moi... Je vais aux sommiers. »

Mareuil resta seul devant les clichés dont les bords commençaient à se recroqueviller, à la chaleur des lampes. Si Bellenfent ne se trompait pas, l'insaisissable assassin allait être démasqué. Un nom, un signalement, et il ne pourrait plus s'échapper. Bellenfent tardait. Mareuil ramena sa dernière cigarette, cintrée par un trop long séjour au fond de sa poche, et l'alluma nerveusement. Non, ça marchait trop bien, tout d'un coup !

« Voilà, lança Bellenfent. J'ai trouvé. »

Il brandissait une fiche qu'il déposa devant le commissaire. Mareuil regarda l'homme, photographié de face et de profil, un visage régulier, un peu trop joli, et il parcourut la fiche, à mi-voix : Raoul Mongeot... né le 15 octobre 1924, à Orléans... Condamné à un an de prison pour vol... Libéré le 22 décembre 1956... Dernier domicile connu : Hôtel Floréal, 39, rue des Abbesses, à Paris...

« C'est bien ce qu'il me semblait, dit Bellenfent. Une petite affaire. Il n'a pas une gueule d'assassin ! »

V

La sonnerie du téléphone tira Mareuil de son sommeil. Il lança son bras vers la table de chevet, pêcha l'appareil sur son support et l'amena le long de sa joue, sans enthousiasme.

« Allô, oui... Bonjour, monsieur le directeur... Oui, la piste se confirme... Oh ! je n'ai pas voulu vous déranger... D'ailleurs, ce n'est peut-être pas une piste... La lettre recommandée reçue par Sorbier, vous vous rappelez... c'est un certain Raoul Mongeot qui l'a envoyée... Il figure aux sommiers... Un an de prison... J'ai déjà mis toute mon équipe dessus... Pardon ?... Oui, ce sera facile. Nous avons sa dernière adresse, rue des Abbesses. Je fais confiance à Farjeon. Il a commencé l'enquête hier soir. Ça devrait aller vite... Non, monsieur le directeur, pour le moment, je ne pense rien, je ne sais rien ; j'attends... Merci, monsieur le directeur. »

Mareuil bâilla et reposa l'appareil. Penser ? Il en avait de bonnes, Lhuillier ! Penser que l'assassin avait eu quatorze secondes pour disparaître ! Mareuil se leva, ouvrit les volets. La lumière d'été, vibrante, illumina la chambre. Mareuil, dégoûté, but un verre d'eau. Penser !... Penser aux autres, à Belliard, qui s'éveillait, près de sa femme et de ce petit enfant tout neuf... Penser à Linda, la fille aux cheveux de lin... Penser au commissaire Mareuil, qui était aussi seul, dans la vie, que tous ces pauvres bougres qu'il jetait en prison.

De nouveau, le téléphone. Résigné, Mareuil décrocha.

« Allô... Bonjour, mon petit Fred... Comment ?... Je m'y attendais... N'en demandons pas trop... Attends, je vais prendre quelques notes... »

Il attrapa le bloc, toujours prêt, dans le tiroir.

« Vas-y... Donc, à l'hôtel Floréal, rien... Quelle impression ont-ils gardée du type ?... Bien sûr, ils ne veulent pas se mouiller... Ah ! Attends, je note... Mongeot et P.M.U... Intéressant, ensuite ?... Bon. Entre nous, les agents secrets n'ont pas l'habitude de jouer aux courses... D'accord... Et quand le rencontres-tu, ce garçon de café ?... Parfait !... Moi, tout à l'heure, je vais chez Mme Sorbier... Ecoute, téléphone à Michaux. Dès que j'aurai un moment, j'appellerai Michaux qui me tiendra au courant... Au revoir. »

Repris par le métier, Mareuil se frotta les mains. Mongeot était cuit. Ce n'était plus qu'une question d'heures. Mareuil se fit chauffer un reste de café, affûta son vieux rasoir, en fit glisser deux ou trois fois la lame sur sa paume. Routine des gestes quotidiens. La glace suspendue à la fenêtre, le crissement du rasoir sur la peau ; en face de soi, ce visage, déformé par des grimaces pour que la lame coupe mieux les poils récalcitrants. Cela n'empêche pas de penser, comme le voulait le patron... De se dire, par exemple, que le tube a peut-être été volé avant le crime, le matin même, ou la veille... ou à un moment quelconque. Après tout, personne ne l'avait vu, ce tube. On savait seulement qu'il était là... Mais Sorbier ?... Inévitablement, Sorbier se serait aperçu... Et il n'aurait rien dit ?... Sorbier complice ?... Impensable. Ça y est ! Une belle estafilade, au coin du nez. Mais la pauvre Linda ne remarquera rien. Pourquoi, la pauvre Linda ? Dis donc, Mareuil, tu penses beaucoup à elle, non ? Elle est belle. Si blonde, si étrange ! Comme venue d'ailleurs ! Oui, je pense à elle, gentiment. J'aimerais l'aider, et qu'elle lève sur moi ses yeux si rares. Une goutte d'eau de Cologne. Un peu de poudre. Le complet bleu. Je suis habitué à me faire de petites fêtes, avec rien, pour moi tout seul...

Mareuil se regarde dans son armoire à glace. Vieil idiot ! A ton âge ? Tu fais peur aux autres et, en réalité, ce sont les autres qui te font peur. Ils sont si redoutablement vivants, si pleins de secrets, de violence, de ruse. D'amour aussi !...

Mareuil ferma sa porte, soigneusement, descendit l'escalier. Les feuillages des Tuileries étaient dorés ; le soleil vous poussait une joyeuse bourrade aux épaules. « Il faudra que j'apporte des fleurs à Mme Belliard, songea le commissaire, un hochet pour le petit. » Mais, quand il eut acheté les journaux, à un kiosque, il oublia tout le reste. *Crime mystérieux à Courbevoie. Un ingénieur assassiné... Un spécialiste des recherches nucléaires abattu d'un coup de revolver... Meurtre inexplicable à l'usine*

79

des Propergols... Les articles étaient vagues, mais adroitement rédigés. Ils allaient produire un effet considérable! Heureusement, il n'était pas question du vol. Pas encore! Mareuil s'introduisit dans sa 4 CV, un peu accablé. Ce soir, demain, la presse le mettrait en cause. *Que fait donc la police?... Sommes-nous défendus?...* etc. Et l'Intérieur téléphonerait! Et Lhuillier dirait, sans élever le ton : « Voyons, Mareuil, un petit effort. Vous me mettez dans une situation impossible! »

Il jeta les journaux sur la banquette arrière et démarra. Comme il était un peu tôt, il s'offrit un tour au Bois, roula lentement, le long des allées encore désertes. Linda était levée et c'était elle, sans doute, qui devait consoler la vieille Mariette. Est-ce qu'elle resterait en France? Elle vendrait la villa. Elle disparaîtrait. Elle s'en irait dans son Nord brumeux. Mareuil, décidément, jouait à être mélancolique. Il revint vers le boulevard Maurice-Barrès, jeta un long regard à la maison, avant d'entrer. Volets mi-clos, deuil et silence. Mais ce n'était sans doute pas plus gai, avant. Il n'eut qu'à pousser la porte de la grille. Sur sa gauche, le jardinet était soigneusement entretenu. Des roses, partout des roses. En corbeilles, en massifs, en guirlandes. Une glycine grimpait aux arceaux d'une tonnelle. Au fond, à droite de la villa, s'élevait le garage. Mareuil, curieux, fit un crochet : il y avait, dans le garage, une DS 19, toute brillante. Le garage ne communiquait pas avec la maison. Il en était séparé par un étroit passage sur lequel donnait une pièce qui était sans doute la cuisine. Mareuil rebroussa chemin et sonna. Ce fut

Mariette qui lui ouvrit, une Mariette encore plus vieille, plus ridée. Elle eut un mouvement de recul, en le reconnaissant, comme s'il était devenu le messager de mauvais augure.

« Je vais voir », grommela-t-elle.

Linda se tenait au salon, et Mareuil se sentit plus intimidé que la veille. C'était une autre Linda. Une statue drapée de noir, le visage penché, les paupières baissées sous l'arc des hauts sourcils. La main lasse indiquait un fauteuil.

« Avez-vous découvert quelque chose ? demanda-t-elle.

— J'ai peut-être un indice, dit Mareuil. Je ne sais pas encore ce qu'il vaut. Mais je voudrais vous poser quelques questions. Est-ce que M. Sorbier avait l'air préoccupé, durant ces derniers jours ?

— Non... Je n'ai rien remarqué d'anormal.

— A-t-il reçu quelqu'un, je veux dire en dehors de ses familiers... »

Elle l'interrompit.

« Mon mari ne recevait personne. Quand il rentrait de l'usine, nous bavardions un moment et il travaillait jusqu'au dîner, vers neuf heures. Ensuite, nous faisions parfois un peu de musique.

— Il vous parlait de ses recherches ?

— Non. J'aurais été incapable de comprendre ses explications.

— Le dimanche ?

— Nous allions nous promener. Le soir, nous dînions chez des amis, ou bien nos amis venaient ici jouer au bridge.

— Toujours les mêmes amis ?

— Oui. Roger Belliard, Cassan, les Aubertet...

81

— L'état-major de l'usine, en somme?

— Si vous voulez.

— En dehors de ce cercle?

— Personne.

— Est-ce que M. Sorbier avait voyagé à l'étranger?

— Très peu. Il y a deux ans, il avait passé six mois aux Etats-Unis. L'an dernier, il avait fait quelques conférences, à Cambridge... Je crois que c'est tout.

— Vous venez de me dire que M. Sorbier travaillait généralement avant le dîner. Je suppose qu'il rapportait des papiers de l'usine, des documents.

— Certainement. Il avait toujours sa serviette.

— Vous n'avez jamais eu l'impression qu'il prenait des précautions spéciales? »

Linda réfléchit.

« Non, dit-elle. Je sais seulement qu'il fermait toujours les tiroirs de son bureau à clef... Et, le soir, il ne manquait jamais de faire une petite ronde... Oh! par simple habitude... Il était très méticuleux, très ordonné.

— Est-ce qu'on lui téléphonait, ici?

— Quelquefois, mais rarement. On le savait toute la journée à l'usine.

— Hier ou avant-hier, il n'avait reçu aucune communication... particulière?

— Absolument rien.

— Je m'excuse de vous poser toutes ces questions, madame.

— Mais je vous en prie...

— Connaissez-vous un certain Raoul Mongeot?

— Raoul Mongeot ! »

Linda se leva brusquement, traversa le salon et ouvrit la porte du vestibule. Elle se pencha, regarda à droite, à gauche.

« C'est curieux, dit-elle en revenant. J'avais eu l'impression d'entendre du bruit. Sans doute Mariette qui passait...

— Je suppose qu'elle n'écoute pas aux portes ?

— Oh non ! La pauvre ! La maison n'a pas de secret pour elle... Mais je vous ai interrompu. Raoul Mongeot était notre chauffeur.

— Votre chauffeur !

— Oui, pourquoi ?... Vous avez appris quelque chose le concernant ?... Mon mari l'a renvoyé, il y a une huitaine de jours. »

Mareuil demeura un instant silencieux.

« Pour quelle raison ?

— Mongeot était un garçon un peu... louche. Il revendait de l'essence, trafiquait avec les garagistes... Et puis, il avait des manières qui ne nous plaisaient pas.

— C'est-à-dire ?

— Il se promenait un peu partout, furetait... Je suis sûre qu'il a plusieurs fois fouillé dans mon sac.

— Qu'est-ce qu'il cherchait ?

— Oh ! de l'argent. Il était toujours à court, demandait des avances, enfin, un personnage peu recommandable.

— Comment était-il entré à votre service ?

— Je ne sais pas. C'est mon mari qui l'avait engagé.

— Il avait une chambre, ici ?

— Oui. Au second. Il a emporté toutes ses

affaires, et même la casquette que je lui avais achetée.

— Mais Mongeot avait bien un autre domicile, avant de venir habiter chez vous ?

— Certainement. Mais j'ignore où.

— M. Sorbier avait sans doute noté cette adresse sur un carnet ?

— Je vais voir. Le bureau est au premier. »

Linda traversa le vestibule et, bientôt, Mareuil entendit au plafond ses pas légers... le bruit d'un tiroir repoussé... les pas, de nouveau... le grincement d'une porte d'armoire ou de bibliothèque... les pas, soudain précipités. Il se leva, s'avança jusqu'au seuil... Linda, au coude de l'escalier, lui faisait signe. Il se précipita.

« Je ne trouve plus le carnet, dit Linda. Et pourtant je l'ai vu hier soir, j'en suis sûre. »

Mareuil atteignit le palier du premier. Le bureau s'ouvrait devant lui.

« Regardez vous-même, dit-elle. Il était là, près du coffret à cigarettes. C'est un gros agenda de cuir vert, offert par une maison de produits chimiques. »

Elle paraissait effrayée et jetait autour d'elle des regards pleins d'appréhension.

« Voyons, dit Mareuil, ne nous troublons pas. Vous l'avez vu hier soir ?

— Je m'en suis servie pour ma liste de faire-part... Et je l'ai posé là, près du coffret... »

Mareuil ouvrit le tiroir central du bureau, écarta du doigts des paquets d'enveloppes, des boîtes de cartes de visite. Il se retourna, comme l'avait fait

Linda. La bibliothèque... Des rangées d'ouvrages reliés, de revues scientifiques... Il n'insista pas.

« Mariette ?

— Mais non. Mariette n'avait rien à faire ici. »

Mareuil laissa courir ses yeux... Toujours le même ordre ascétique. Deux fauteuils devant le bureau ; la bibliothèque, toute simple. Pas un objet inutile, pas un bibelot. Un tapis de couleur neutre.

« Mariette s'entendait bien avec Mongeot ?

— Elle ne pouvait pas le souffrir. Ils ne se parlaient jamais.

— Voulez-vous me permettre de visiter la maison ? »

Il désigna une autre porte, sur le palier.

« Notre chambre, dit Linda.

— Et là ?

— Une chambre d'amis, qui n'a jamais servi.

— Au second ?

— La chambre de Mariette, celle du chauffeur et le grenier.

— Attendez-moi. »

Mareuil monta l'étroit escalier, jeta un coup d'œil dans les pièces vides. Le carnet avait été volé. Soit. Mais par qui ? Est-ce que quelqu'un s'était introduit dans la maison au cours de la nuit, au début de la matinée ?... Et ce bruit léger, tout à l'heure ?... C'était peut-être le voleur qui filait... Mareuil redescendit. Linda l'attendait, encore plus pâle.

« Vous croyez, dit-elle, que quelqu'un s'est introduit ici ?...

— Non, dit Mareuil avec cette voix cordiale et

bourrue qu'il prenait quand il doutait de lui-même. Non. Sûrement pas !

« — La maison est tellement isolée !

— Isolée ?

— Tous nos voisins sont en vacances. »

Ils parcoururent l'office, la salle à manger, le grand et le petit salon. Mareuil visita même la cave.

« Est-ce que M. Sorbier était armé ?

— Je ne crois pas. En tout cas, je n'ai jamais vu aucune arme ici. Pour quoi faire ?

— Simple question. Eh bien, madame, il ne me reste plus... »

Il sourit, bonhomme, et elle lui tendit les mains, d'un élan.

« Venez quand vous voudrez. Je serai toujours heureuse de vous voir. »

Il s'inclina. Charmante. Elle était charmante. Et voilà que Mareuil commençait à en vouloir à Sorbier. A cause de cette maison trop austère, de ces soirées lugubres, autour du piano ou du tourne-disque. Elle devait étouffer ! Cassan, les Aubertet, Belliard... le bridge ! Autant choisir le cloître !

Mareuil, soudain furieux, claqua la portière de sa quatre-chevaux et démarra brutalement. Si Mongeot — car n'était-ce pas forcément lui ? — avait volé le carnet d'adresses de la villa, restait celui que Mareuil avait aperçu, la veille, sur le bureau de Sorbier, à l'usine. Peut-être Sorbier avait-il également noté sur ce second carnet... ? Mongeot ! Le commissaire répétait ce nom avec une sorte de dégoût. Mongeot ! Un simple comparse, sans doute. Si ce Mongeot avait été placé chez les Sorbier pour les surveiller, il avait fait preuve d'une extraordinaire maladresse. Or, l'assassin de Sorbier avait déployé, lui, une virtuosité exceptionnelle. Alors ?... Si Mongeot était un instrument, qui se cachait derrière lui ? Qui ?... Qui avait volé le carnet ? Qui avait eu l'audace de se glisser dans la villa des Sorbier ?... Surtout que ce carnet n'avait, en somme, aucune valeur. L'adresse de Raoul Mongeot ? On la découvrirait, tôt ou tard. « Je nage, songea Mareuil. Je suis en plein pot au noir. Je cours à droite, à gauche, comme un toutou après les petits cailloux qu'on lui jette. Et pendant ce temps... » Il croisait des voitures chargées de bagages ; la plupart des magasins étaient fermés : *Congé annuel.* Mais il suffisait de dévisser la tête du tube...

Mareuil stoppa devant la barrière rouge et blanche de l'usine, montra sa carte au gardien qui salua.

« Je connais le chemin », dit-il.

Avec adresse, il se faufila parmi les camions et les bulldozers, longea un chantier grouillant d'ouvriers. Une sorte de gazomètre, à sa gauche, était en voie d'achèvement. Des grues levaient, en plein ciel, des plaques métalliques qui se balançaient en miroitant. Il y avait des carrefours où des gardes assuraient la circulation. Mareuil atteignit la petite cour, devant le pavillon, et arrêta sa voiture sous le marronnier. Au seuil de la salle de dessin, il fut arrêté.

« Police. Commissaire Mareuil. »

On le reconnut. Renardeau vint au-devant de lui.

« Alors, du nouveau, monsieur le commissaire ?

« — Pas grand-chose. Belliard est là ?

— Oui. »

Ils montèrent ensemble et trouvèrent l'ingénieur qui dictait son courrier à une secrétaire. Belliard congédia immédiatement la jeune fille.

« Je ne veux pas te déranger, dit Mareuil. Juste une petite vérification. »

Il entra dans le bureau de Sorbier et vit tout de suite le carnet d'adresses. Parbleu ! Cette fois, l'inconnu n'avait pas osé... Mareuil prit le carnet, chercha la lettre M. Tonnerre de Dieu ! La page avait été arrachée. L'assassin, non seulement avait emporté le tube, mais encore avait pris le soin d'ouvrir le carnet, de déchirer la page. Et pour protéger ce Mongeot !...

« Roger !

— Oui. »

Belliard parut sur le seuil.

« Tu vas peut-être pouvoir m'aider, dit Mareuil. Est-ce que tu te souviens bien du chauffeur de Sorbier, Raoul Mongeot ?

— Ah ! je ne savais pas qu'il s'appelait Mongeot, fit Belliard, intéressé. On disait toujours : Raoul... Oui, je me souviens de lui... assez bien. Pourquoi ? Il est dans le coup ?

— Oui. J'ignore encore s'il a tué Sorbier, mais c'est lui qui a expédié la lettre recommandée. Et c'est probablement lui qui a volé un carnet d'adresses, à Neuilly... J'étais chez Linda, tout à l'heure. On a découvert ensemble la disparition du carnet... Et ici, tu vois. »

Mareuil montra la page arrachée. Belliard s'assit sur le coin du bureau.

« Diable ! murmura-t-il. Ce Mongeot serait un type tellement dangereux ?... Il paraissait très quelconque... Plutôt petit, brun, l'air éveillé... toujours obséquieux.

— Il a déjà été condamné pour vol.

— Et tu dis qu'il aurait pris le carnet, à Neuilly ?... Ça ne tient pas debout. Il doit bien penser que tu découvriras son adresse tôt ou tard.

— Il a peut-être simplement cherché à gagner du temps. »

Mareuil puisa, au fond de sa poche, une gauloise à demi éventrée qu'il recolla d'un coup de langue.

« Mongeot a eu en main les clefs de la villa. Il lui a été facile de faire exécuter des doubles.

— Tu veux dire qu'il avait prévu... ?

— Oh ! Je n'affirme rien. »

Mareuil alluma sa cigarette.

« Bon. Je ne veux pas te déranger plus long-temps... Tu es libre, ce soir ?

— Je suis toujours libre.

— Alors, j'irai peut-être vous demander à dîner.

— Tiens ! Tiens ! plaisanta Belliard.

— Je vieillis, tu vois, soupira Mareuil.

— Dis plutôt que tu en as assez d'être seul. Marie-toi.

— Ne raconte pas de sottises. »

Le commissaire descendit, regarda une fois encore la fenêtre par où l'assassin aurait dû s'enfuir et qu'il n'avait pas franchie, puisque... Il haussa les épaules, et roula vers l'entrée de l'usine.

La Seine coulait au bout de la rue. Mareuil examina les quais où dormaient quelques clochards, les barques, les chalands, les grues... Un automoteur remontait le courant, son youyou dansant dans le sillage. Il aurait suffi de cacher le tube à bord d'un canot, de gagner quelque péniche... Au bout du fleuve, c'était la mer. Mongeot était peut-être en ce moment bien loin des côtes, hors d'atteinte. Mareuil rentra dans Paris, appela Michaux, d'un bistrot.

« Allô, c'est toi, mon petit Pierre ?

— J'ai du neuf, patron. Fred vient de téléphoner. Il a l'adresse de votre bonhomme. Il a dit qu'il vous expliquerait... C'est à Levallois... Quai Michelet... Fred est parti devant.

— Le numéro ?

— Ah ! c'est vrai, j'oubliais... 51 *bis*... Un petit pavillon, paraît-il. »

Mareuil sauta dans sa quatre-chevaux et traversa Levallois en prenant des risques idiots. Mais il était pressé d'en finir. En finir ? A vrai dire, il n'existe pas de charges suffisantes pour arrêter Mongeot. Il avait adressé une lettre recommandée à son ancien patron, et Sorbier avait reçu cette lettre le matin même de son assassinat. C'était tout. Le premier avocat venu... Mareuil pourrait faire surveiller Mongeot, à la rigueur, le convoquer à son bureau pour lui poser quelques questions, rien de plus. Du moins, aurait-il quelque chose à répondre à Lhuillier.

Le quai Michelet, au soleil d'août, serrait le cœur. Hangars, maisons blafardes, immeubles trop hauts, étroits et noirs, comme peints sur le ciel. Fred déambulait devant une grille rouillée. Il vint au-devant du commissaire et leva le pouce, l'air très excité.

90

« On le tient, patron.

— Tu l'as vu ?

— Comme je vous vois. Pas plus tard que tout à l'heure, au moment où il sortait pour aller déjeuner.

— Tu l'as laissé filer ?

— Gouvard le suit.

— Est-ce qu'il paraît se méfier ?

— Lui ? C'est formidable. Il se balade comme s'il était en vacances, les mains dans les poches, la cigarette au bec. Il prend ses repas dans un bistrot, *Chez Jules*, rue Brossolette. A deux pas.

— Comment l'as-tu retrouvé ?

— La routine !... Nous avons fait tous les P. M. U. de Montmartre, où Mongeot avait habité. Un garçon de café a reconnu sa photo ; il nous a donné l'adresse d'un copain qui fait le taxi et c'est comme ça que nous sommes remontés jusqu'à notre homme. Pas compliqué, vous voyez.

— C'est même curieux, grogna Mareuil. Tu vas rester ici. Un coup de sifflet si tu le vois revenir. J'ai envie de jeter un coup d'œil là-dedans. »

La porte de la grille n'était pas fermée. De chaque côté de l'allée, le jardinet, mal entretenu, était envahi d'herbes folles. Quant à la maison, elle paraissait minuscule, lépreuse, lugubre, entre les deux bâtiments de brique qui la dominaient de tous leurs balcons, leurs cheminées, leurs antennes de télévision. Mareuil, avec son passe, ouvrit la porte du rez-de-chaussée. A droite du vestibule, une cuisine et une buanderie ; à gauche, une espèce de salle commune, d'où partait l'escalier. Il marchait lentement, en écoutant. Une odeur de renfermé sortait des murs aux tapisseries noirâtres et décollées. Mareuil monta, entra dans la première pièce. C'était la chambre de Mongeot. Un lit de fer, deux chaises, un pot à eau sur une table, une valise ouverte sur le plancher, des vêtements suspendus à un portemanteau, derrière la porte. La fenêtre ouvrait sur le quai. Mareuil s'approcha. Son regard traversa la Seine, s'arrêta, sur l'autre rive... ces grues, ces bâtiments... L'usine des propergols s'étendait de l'autre côté. Mareuil en reconnaissait tous les détails. Il apercevait même assez nettement le marronnier qui lui masquait les fenêtres du pavillon. Il s'écarta, fouilla la valise. Du linge, des souliers, des mouchoirs et, tout au fond, un objet dur. Mareuil déplaça les mouchoirs et hocha la tête. Il tenait des jumelles. Il les braqua sur l'autre rive et il eut l'impression de se promener dans l'usine. Alors, il remit avec précaution les jumelles à leur place et sortit sans bruit.

La chambre d'en face servait de débarras : un vieux poêle, un sommier, une chaise longue délabrée, une commode sans tiroirs. Pas de rideaux à la fenêtre. Mareuil colla son front à la vitre, chercha, de nouveau, du regard, le marronnier de l'usine...

VI

« Il est magnifique, déclara Mareuil.

— N'est-ce pas ? »

Belliard, accroupi près du berceau, essuyait la bouche de son fils avec la fine pointe d'un mouchoir de linon.

« Un scientifique, dit Mareuil. Ça se voit à l'œil nu.

— Pauvre chou ! J'espère que non », s'écria Mme Belliard.

L'ingénieur se releva, regarda pensivement le bébé endormi.

« Qu'il soit ce qu'il voudra, murmura-t-il, pourvu qu'il soit plus heureux que nous !

— Ingrat, dit Mareuil. Plains-toi donc... »

Et, se tournant vers la jeune femme :

« Il est insatiable, votre mari. Pourtant, j'échangerais bien ma situation contre la sienne. »

Il sourit, prit le bras de Belliard.

« Je radote, mon vieux. Ne fais pas attention.

— Vous avez l'air fatigué, observa Mme Belliard. Venez... le dîner est servi. Mais, si l'on écoutait Roger, on passerait la journée dans cette chambre.

« — C'est vrai, dit l'ingénieur. Tu parais démoli. Quelque chose qui ne va pas ?

— Mais non. Tout va très bien.

— L'enquête ?

— Elle marche, elle marche... »

Ils passèrent dans la salle à manger, et Mareuil oublia ses soucis. Il aimait Roger et Andrée, cette jeune femme douce, discrète, qui admirait si fort son mari. Elle avait abandonné ses études pour épouser Belliard, quelques années après la guerre, et, depuis, s'était contentée de vivre dans son ombre.

« Ce n'est pas toujours drôle, tu sais, une femme qu'on intimide, avait soupiré Belliard, un jour qu'il s'ennuyait. La guerre avait du bon.

— Tu ne vas pas me dire, avait soupiré Mareuil, que tu regrettes la vie clandestine, les missions secrètes, les coups durs... »

Non, Belliard ne regrettait rien, sans doute. Mais il n'était pas possédé, comme Sorbier, par la rage de la découverte. Il s'accordait le temps de lire, de sortir, de flâner, de voyager. Quelquefois, il sonnait chez Mareuil.

« Je t'emmène.

— Où ?

— Où tu voudras. J'ai envie de voir du monde. »

Ils allaient au théâtre ou bien ils roulaient en silence, au hasard.

« Tu sais ce qu'il te faudrait, disait Mareuil...

— Oui, oui... un fils... Mais Andrée n'aura jamais d'enfants. »

Et le miracle avait eu lieu. L'enfant était là, dans la chambre voisine, et Belliard n'avait plus tout à fait le même regard. Il paraissait à la fois plus jeune et plus préoccupé. Il levait sur sa femme des yeux étonnés, presque incrédules.

« Excusez-moi, fit Mareuil. Je suis obligé de regarder l'heure. J'attends un coup de téléphone.

— Tu es chez toi, mon vieux. Ne te gêne pas. Et le chauffeur, à propos ?

— Il court toujours, mais pas pour longtemps. J'ai son adresse. J'ai même visité la maison qu'il habite. »

Andrée se levait sans cesse pour surveiller sa nouvelle bonne qui s'activait bruyamment dans la cuisine, et Belliard devenait nerveux.

« Pourquoi ne l'as-tu pas arrêté ? demanda-t-il.

— L'arrêter ? Pour quel motif ?

— S'il a volé, tué...

— Doucement. Je n'ai aucune preuve et nous ne vivons plus sous l'occupation.

— Dommage ! »

Les pommes de terre étaient un peu brûlées. La salade... au fait, on avait oublié la salade. Andrée, désolée, disparut de nouveau.

« Je vais flanquer cette fille à la porte, grogna l'ingénieur.

— Tu n'en feras rien, dit Mareuil. Es-tu libre, ce soir ?

— Oui, naturellement.

— Tu peux quitter ton fils pendant... mettons deux heures ?

— Idiot.

— Bon. Je t'emmène... Nous allons relayer Fred et filer Mongeot. Cela nous rajeunira. Qui sait ? Il nous mènera peut-être vers quelque gros gibier. »

Le téléphone sonna et Mareuil bouchonna sa serviette.

« Préviens ta femme que nous sortons. »

Il courut au salon. C'était Fred.

« Rien de neuf ?... Parfait. Je vais venir te libérer... Disons neuf heures. Ça te permettra d'aller dîner... D'accord... Merci... »

Mareuil revint et vit qu'Andrée était au courant de leur sortie.

« Je vous enlève votre mari, plaisanta le commissaire. Pas pour longtemps, mais il peut m'être utile... »

Utile, non. Mareuil savait d'avance qu'il ne se passerait rien, que la filature serait une promenade, mais il lui plaisait, soudain, de revivre, auprès de Belliard, des moments oubliés. Et il devinait que Belliard, de son côté, éprouvait la même exaltation joyeuse. Petit complot d'hommes qu'il fallait taire devant Andrée. Le dîner s'acheva presque joyeusement. Belliard se montrait loquace, maintenant. Il s'échauffait, pressait le service. C'était lui qui avait hâte de sortir, et sa femme souriait. Pendant qu'Andrée allait chercher la bouteille de cognac, Belliard se pencha vers son ami.

« Tu crois toujours qu'il s'agit d'espionnage ?

— Je ne crois rien du tout. Mais il est évident que Mongeot ne travaille pas pour son compte.

— Et s'il ne s'agit pas d'espionnage ?

— Que veux-tu que Mongeot fasse du tube ?

— Parce qu'à ton avis, c'est bien lui qui possède le tube ?

— Est-ce que je sais ? Pour le moment, j'aperçois un lien entre Mongeot, le tube et un inconnu qu'il faut démasquer. C'est tout. J'ignore quel est ce lien. Mais je suis sûr qu'il y en a un et ce n'est déjà pas mal. »

Belliard emplit les verres.

« Au petit et à sa maman, dit le commissaire.

— Je suis prêt », fit Belliard.

La nuit était tombée, une nuit trop chaude de grande ville en sueur.

« Tu te rappelles... », commença Belliard.

Mais à quoi bon parler ? Ils se tassèrent, côte à côte, dans la petite voiture aux tôles encore tièdes. C'était bon de rouler, épaule contre épaule. Il n'y avait plus, soudain, ni famille, ni métier. On repartait à zéro. Seule manquait, peut-être, l'impression du danger. Et encore, était-ce bien certain ? Est-ce qu'un pan d'horizon n'allait pas s'embraser ? Ou même, plus simplement, est-ce que Mongeot allait se laisser faire ? N'était-il pas capable de quelque initiative foudroyante ? On le connaissait si peu, si mal ! N'importe. Mareuil goûtait la douceur de ce moment dédié à l'amitié et au souvenir. Du plat de la main, il frappa deux petits coups sur le genou de Belliard et Belliard sourit, alluma une cigarette qu'il planta entre les lèvres du commissaire.

« Quelle heure ? dit Mareuil.

— Neuf heures moins vingt.

— Ça va. »

Et Mareuil, à petites phrases courtes, séparées par des silences, mit Belliard au courant. Le pavillon de Mongeot... la chambre sordide... les jumelles... Pourquoi ces jumelles, sinon pour surveiller l'usine ?... Mais était-ce le chauffeur qui se servait des jumelles ?... Etait-ce l'autre ?

L'autre ? Mareuil commençait à dire l'Autre, d'instinct. L'Autre, l'être mystérieux qui avait sauté par la fenêtre avec le tube, malgré Legivre. L'Autre, qui les observait peut-être, à leur insu ? L'Autre... exactement comme autrefois, lorsque les rues étaient des pièges, lorsqu'on collait l'oreille aux portes, avant de frapper chez ses meilleurs amis.

« Tu te rappelles... », avait dit Belliard. Oui, Mareuil se rappelait ; toute la chair de Mareuil se rappelait.

La circulation était très ralentie ; elle devint presque nulle dès qu'ils furent sortis de Paris. De rares passants flânaient sur les trottoirs, et l'on apercevait, aux fenêtres, des silhouettes immobiles.

« C'est là », murmura le commissaire.

Ils laissèrent la voiture à l'entrée de la rue Brossolette, dans l'ombre d'un chantier. Fred se dressa tout à coup devant eux.

« Alors ?

— Rien de plus. Il achève de dîner... Je crois qu'il n'y a rien à espérer aujourd'hui.

— Qui sait ? Allez, ne t'attarde pas davantage. File... A demain. »

Fred leur serra la main, s'éclipsa d'un pas rapide.

« Tu as un plan ? interrogea Belliard.

— Non. Nous suivons Mongeot, c'est tout. Moi, à pied. Toi, dans l'auto, un peu en arrière, pour ne pas te faire repérer. En cas de besoin, tu me rejoins. »

Ils passèrent lentement devant le café *Chez Jules*. Un bistrot grand comme la main. Quelques tables. Le patron accoudé au bar et, dans un coin, Mongeot, tout seul, fumant une courte pipe. Les deux hommes continuèrent leur promenade nonchalante. Mareuil avait conservé sur sa rétine, extraordinairement vivante, l'image du chauffeur. L'homme avait vieilli, s'était empâté. Ses traits avaient quelque chose de plus résolu, de plus farouche que sur ses photos des sommiers... Nul doute. Il était dangereux.

« Tu as eu l'occasion d'avoir affaire à lui, lorsqu'il était au service de Sorbier ?

— A peine... Il m'a peut-être conduit une ou deux fois. »

Ils revinrent sur leurs pas, après avoir changé de trottoir. Un réverbère à la mode d'autrefois éclairait lugubrement quelques façades blêmes, le mur d'un entrepôt souillé d'une inscription effacée au goudron. Et une petite fièvre commençait à crisper les deux amis. Ils revirent Mongeot, rêvassant devant son assiette, le menton dans les mains. Belliard eut la même réflexion que Fred.

« Pour un criminel, il ne prend guère de précautions.

— Je sais », dit Mareuil.

Ils s'arrêtèrent au bord du chantier, derrière une bétonneuse. Invisibles, ils découvraient toute la rue, la tache rougeâtre du bar. Attendre. Une vieille habitude. Mareuil se fouilla, ramena une cigarette informe qu'il alluma entre ses mains jointes, les yeux toujours fixés au loin. Belliard retrouvait des postures oubliées, l'épaule qui s'appuie pour soulager la jambe opposée, la tête qui se tourne à demi pour que les yeux embrassent le plus d'espace posssible. Nuits de guerre. Le pistolet était lourd, dans la poche, contre le cœur. Et l'aube était si loin! Un pas se rapprocha et Belliard chercha le plus noir de l'ombre. Le pas s'éloignait. Ils aperçurent un homme qui poussait un vélo et ils l'entendirent longtemps. Très loin, la ville grondait doucement. Belliard changea de position.

« Je suis rouillé, chuchota-t-il.

— Qu'est-ce qu'il fabrique? grommela Mareuil... Allons voir. Je n'ai pas pensé à demander à Fred si l'on peut sortir du café par-derrière, mais il m'aurait sûrement prévenu. »

Ils se mirent en marche, paisiblement, dépassèrent le bistrot. Ce fut à ce moment que le téléphone sonna. Mareuil retint Belliard par la manche.

« Reste ici. »

Il traversa la rue et, de loin, aperçut le patron du bar qui tendait l'appareil à Mongeot, puis poussait deux petits verres sur le zinc. Mongeot n'avait pas retiré sa pipe de sa bouche. Il écoutait, hochait la tête, semblait approuver. La communication fut brève. Mongeot regarda l'heure à son poignet, dit quelques mots et raccrocha, puis il trinqua avec le patron. Mareuil rejoignit Belliard.

« Mongeot vient de téléphoner, murmura-t-il. J'ai l'impression qu'il recevait des ordres. Pour moi, il attendait ce coup de fil. On lui a peut-être fixé un rendez-vous quelque part. »

De nouveau, Mareuil pensait à l'Autre. Il entraîna Belliard et ils firent un crochet qui les ramena vers la voiture.

« Tu me suivras d'assez loin, recommanda Mareuil, mais sans perdre le contact. Il peut sauter dans un taxi. »

Mongeot apparut, devant le bar ; il vida sa pipe sur le talon de son soulier et, les mains dans les poches, se mit en marche. Mareuil attendit qu'il eût passé le coin de la rue pour s'avancer à son tour. Mongeot avait pris la direction de la Seine. Il ne se retourna pas ; il ne paraissait nullement inquiet. Son pas sonnait clair, et Mareuil, dans l'ombre des murs, sur la pointe de ses semelles de caoutchouc, avait le sentiment que ses précautions étaient bien superflues. La 4 CV, à deux cents mètres, roulait en première. Le commissaire faillit regretter d'avoir emmené son ami, comme s'il l'avait convié à une partie de chasse vouée à la bredouille. Lorsque Mongeot atteignit le quai, Mareuil s'arrêta de nouveau, quelques instants, et Belliard vint à sa hauteur. Il lui fit signe de descendre.

« Qu'est-ce qu'il y a ?

— Rien. Nous y sommes. »

Ils s'aventurèrent sur le quai. Mongeot avait disparu.

« Il est rentré chez lui. C'est la bicoque, entre les deux blocs. »

La fenêtre de la salle commune s'éclaira, et la silhouette de Mongeot se découpa, en ombre chinoise. Il apparaissait de trois quarts et regardait vers le fond de la pièce. Dix heures sonnèrent à une église lointaine.

Les deux hommes sursautèrent, soudain, échangèrent un bref regard. Mongeot venait d'écarter les bras, en un geste d'impuissance. Maintenant, il levait la main, paume en avant, comme s'il repoussait quelque objection ou quelque reproche. Il n'était pas seul. Il discutait avec quelqu'un. Et ses gestes, déformés par la lumière oblique, prenaient une signification vaguement menaçante.

« Son visiteur devait l'attendre devant la porte, grommela Mareuil. J'aurais dû me dépêcher, au lieu d'attendre.

— Il n'y a rien de perdu. »

Au même instant, le bras de Mongeot se tendit et tira un rideau. Mareuil n'hésita pas. Il tourna la poignée de la grille et franchit le seuil du jardinet. Mais, à peine engagé dans l'allée qui menait au perron, il s'arrêta, d'une manière si soudaine, que Belliard le heurta. Le coup de feu avait claqué, juste en face d'eux, dans la salle.

« Ne bouge pas ! cria Mareuil. Garde la grille ! »

Déjà, il avait son pistolet au poing et poussait la porte. Elle résista et Mareuil jura, furieux. Le temps de chercher son passe... Quelqu'un gémissait, là, tout près. La serrure céda. « Je vais me faire descendre à bout portant », songea Mareuil. Le vestibule était obscur, mais un rai de lumière filtrait à gauche, par la porte mal jointe. Mareuil la poussa, d'un coup de pied. La pièce était vide. Vide, non. Au pied de l'escalier, Mongeot râlait dans une flaque de sang. Mareuil escalada les marches, atteignit le palier.

La lampe de la salle éclairait l'étroit couloir. Mareuil, l'épaule en avant, entra dans la chambre de Mongeot, tourna le commutateur. Le lit, les deux chaises, la table-toilette, la fenêtre ouverte. Il se pencha sur l'appui. Belliard, adossé à la grille, attendait. Et Mareuil comprit qu'il était en train de vivre exactement la même scène que la scène de l'usine. Une victime, et pas d'assassin... Impossible !... L'assassin était encore dans la maison. Il y était, fatalement. A côté dans la chambre d'en face.

Il traversa le couloir, ouvrit. Personne. Et là non plus pas de cachette. Il s'assura, machinalement, que la fenêtre était bien fermée.

En bas, alors ? Il dévala l'escalier, sautant par-dessus le corps étendu. Rien dans la buanderie, rien dans la cuisine.

« Roger... Tu peux venir. »

Belliard se précipita.

« Alors ? »

Mareuil s'épongea le visage.

« Alors... ça recommence... Comme là-bas... Mongeot abattu et pas de meurtrier.

— Quoi ? »

Ils visitèrent ensemble le rez-de-chaussée, puis le premier étage. Rapidement. Il suffisait d'ouvrir les yeux, et de conclure. Ils descendirent, se penchèrent sur le blessé, le retournèrent. Mongeot respirait faiblement. Son visage aminci, ses narines pincées, disaient qu'il était mourant.

« Heureusement que tu es là, murmura Mareuil. Tâche de dénicher un téléphone et appelle le commissariat. Qu'on envoie une ambulance. Ça presse ! »

Belliard partit en courant. Mareuil s'agenouilla, près du chauffeur, et chacun de ses gestes paraissait dérisoire. Là-bas aussi, il s'était agenouillé. Il avait visité les poches de Sorbier. Ici, c'étaient celles de Mongeot : mouchoir, pipe, blague à tabac, briquet, deux clefs, portefeuille. Dans le portefeuille, quelques billets de mille, le permis de conduire, quelques articles découpés dans les journaux et se rapportant tous au crime de l'usine. Et puis ?... Fouiller ? Toujours comme là-bas. Pour trouver quoi ? Une issue dérobée ? Ridicule. L'assassin est subitement devenu invisible. Voilà. Mais il n'a pas oublié d'emporter son revolver, celui qui a déjà vraisemblablement abattu Sorbier. Car ce n'est plus Mongeot le coupable. Ce n'est plus lui. Qui, bon Dieu, qui ?

Mareuil regarda le corps, à ses pieds, puis sa montre. Si on ne sauvait pas Mongeot, il n'y avait plus de piste, plus rien. Le mur. Mongeot avait été touché à la poitrine. Le commissaire ouvrit la chemise sanglante, étudia la blessure. Le poumon était probablement traversé, ce qui expliquait le râle sifflant, le liquide rose au coin des lèvres. Avec un peu de chance, Mongeot parlerait. La clef du mystère était là, sous ce front livide et presque froid. Mareuil se fouilla. Plus de cigarettes. Tant pis. Des pensées connues commençaient à le harceler. Suicide ? Accident, en manipulant l'arme ?... Mais le revolver avait disparu. De nouveau, il envisagea le passage secret. De nouveau, il haussa les épaules. Les murs étaient en parpaing. Il n'y avait même pas de cave. Non, l'assassin avait trouvé un truc. Comme à l'usine. Et, comme à l'usine, il n'avait disposé que de quelques secondes. Et Mareuil savait bien que ce n'était pas vrai, qu'il n'y avait pas de truc, que c'était lui qui raisonnait mal, qui groupait mal les faits. Il s'assit sur le coin de la table et se redressa aussitôt. Là, à l'angle de l'escalier, ce petit objet brillant... la douille... Il la ramassa... 6,35... Le même revolver, évidemment !

Il se sentit presque délivré quand il entendit grincer les freins de l'ambulance, comme si on lui eût apporté du secours. Belliard arriva le premier. Il était essoufflé.

« C'était loin, dit-il. Heureusement, ils m'ont rejoint. Les voilà. »

Deux infirmiers apparurent, portant un brancard. Un agent les accompagnait.

« Il n'a pas l'air brillant », fit un des infirmiers.

On glissa Mongeot, très doucement, sur la civière. On le sangla et le groupe s'engagea dans le vestibule.

« Gardez la maison, dit Mareuil à l'agent. Je reviendrai plus tard... Une cigarette, Roger. »

Il aspira la première bouffée, précipitamment.

— Et maintenant, soupira-t-il, la corvée... Qu'est-ce que je vais entendre ! »

Mais, un instant plus tard, quand il eut au bout du fil le directeur de la P.J., il n'entendit aucun reproche. Lhuillier était effondré.

« Vous auriez dû emmener deux inspecteurs, dit-il.

— Qu'est-ce qu'ils auraient fait de plus ?... Personne n'est sorti. Je ne peux même pas affirmer que quelqu'un soit entré.

— La preuve.

— Eh oui, la preuve !

— Pour moi, Mongeot a volé le tube, et ceux qui l'emploient ont voulu l'éliminer pour l'empêcher de parler.

— Peut-être.

— Qu'est-ce que vous comptez faire ?

— Mettre Mongeot à l'abri. Dès qu'il sera opéré, j'organiserai un service de surveillance. Ensuite, comparer la balle avec celle qui a tué Sorbier.

— J'ai eu le rapport d'autopsie.

— Eh bien ?

— Rien de plus. On a extrait la balle. Calibre 6,35, ce que nous savions déjà.

— Oui. Et avouez que ce n'est pas très normal. S'il s'agit de professionnels, on verrait plutôt du 7,65... En tout cas, pour Mongeot, le calibre est le même. Il paraît évident qu'il s'agit de la même arme.

— Et du même assassin ! »

Belliard attendait Mareuil, dans la salle du commissariat.

« Quelle soirée ! dit Mareuil. Si tu veux rentrer... Je m'excuse de t'avoir retenu si longtemps. Prends ma voiture. »

Ils firent quelques pas en silence, sur le trottoir.

« A ton avis ? » reprit Mareuil.

Belliard secoua la tête.

« Je n'ai pas d'avis. Je suis en plein brouillard, comme toi. Je n'ai rien vu, rien entendu. Je n'ai pas bougé.

106

— Crois-tu que l'assassin utilise... comment dire... une méthode ?

— Quelle méthode ? Il ignorait que nous serions là, comme il ignorait, quand il a tué Sorbier, que Renardeau et moi allions arriver. Il vient, il tire, il s'en va. Un point c'est tout.

— Et il passe à travers les murs.

— Ma foi !... Ton équipe est au pavillon ?

— Oui. J'ai réveillé Fred. Ils ne découvriront rien, d'ailleurs. Les empreintes, tu sais, ça donne quelquefois des résultats, mais nous avons affaire à quelqu'un de prudent... Tout à l'heure, j'irai à l'hôpital. J'espère qu'ils vont sauver Mongeot. Je mettrais ma main au feu qu'il sait où est caché le tube.

— Déjà deux victimes, remarqua Belliard. Aussi, je te préviens, je me retire du jeu. Non pas que je craigne pour moi. Je n'ai aucune raison. Mais j'en ai assez d'être le témoin qui n'a rien à dire. »

Il s'introduisit dans la 4 CV.

« Embrasse ton gosse, jeta Mareuil. Je suis sincèrement désolé... »

Belliard démarrait. Il agita la main en signe d'amitié, et Mareuil revint lentement vers le commissariat. « Raisonnons, se répétait-il, raisonnons... L'homme attendait sans doute Mongeot devant la porte. Ils sont entrés ensemble, c'est le plus vraisemblable. Ensuite ?... Ensuite l'homme abat Mongeot. A ce moment, je perds quelques secondes à ouvrir... L'homme m'a entendu. Inévitablement. D'autant que je venais de crier quelque chose à Belliard. Alors... Il se réfugie au premier étage. C'est le plus logique. D'ailleurs, se serait-il caché au rez-de-chaussée que cela ne changerait rien au problème. Belliard est là... Allons jusqu'au bout : Belliard, pour une raison quelconque, le laisse passer. Ça ne tient pas, puisqu'à l'usine, il y avait non seulement Belliard, mais Renardeau et Legivre, et qu'il a quand même disparu. Ce n'est donc pas grâce à Belliard, mais malgré Belliard qu'il a quitté le pavillon. Comment ? Par quel sortilège ? Je deviens complètement idiot ! »

Mareuil entra dans le bureau et décrocha le téléphone.

« Allô... l'hôpital ?... Alors ?... Pas de perforation... Combien de temps ?... Trois jours ?... Pas avant ?... »

Il raccrocha, découragé. Trois jours à attendre. Il pouvait se passer tant de choses, en trois jours !

VII

Les journaux s'empilaient sur le bureau, funè-
bres avec leurs titres épais et noirs. *On a volé une
bombe atomique. Paris sous la menace. Demain le
cataclysme.* Mareuil, d'un geste las, les repoussa.

« Raoul Mongeot... commença-t-il.

— Je me moque de votre Mongeot! éclata
Lhuillier. La panique peut balayer Paris d'une
seconde à l'autre et vous me servez Mongeot! Que
voulez-vous que j'en fasse? Un vague comparse!
Un moribond! Le tube! Je veux le tube. »

Le directeur avait perdu son flegme. Il s'arrêta
devant la haute fenêtre pour regarder, encore une
fois, la ville qui se gorgeait de soleil. Puis il se
retourna d'un bloc.

« Ce soir, la Radio diffusera un communiqué.
On tâchera de ramener l'événement à des propor-
tions raisonnables. L'auteur de la fuite sera forcément découvert. C'est quelqu'un de l'usine qui a eu
la langue trop longue. Tant pis! Il paiera. La
presse mettra une sourdine. Mais j'aime autant
vous prévenir tout de suite, Mareuil : je suis obligé
de confier l'enquête à un autre... Vous continuerez

à suivre la piste Mongeot... Tabard s'installera à Courbevoie, et reprendra les choses au début.

— Je comprends », dit Mareuil.

Lhuillier revint à pas lents, changea de ton.

« Mettez-vous à ma place...

— Mais je comprends parfaitement, coupa Mareuil, agacé.

— Vous y croyez, vous, à cette piste Mongeot ? reprit Lhuillier.

— Je n'ai rien à croire. Je m'en tiens aux faits. Mongeot a écrit à Sorbier. Il a essayé de donner le change en expédiant sa lettre sous un faux nom. Son adresse a été déchirée, deux fois, chez Sorbier et à l'usine. Enfin quelqu'un a voulu le tuer. Concluez !

— C'est troublant, admit Lhuillier.

— Troublant ! s'écria Mareuil. Moi, je prétends que c'est décisif.

— Et s'il meurt ?

— Nous aurons perdu la partie. Et ce n'est pas Tabard qui... »

Lhuillier leva la main, en un geste d'apaisement.

« Je vous fais toute confiance, dit-il. Mais il faut rassurer le public. Nous devons remuer ciel et terre... »

Il accompagna le commissaire jusqu'à la porte.

« Naturellement, ajouta-t-il, pas un mot sur le crime du pavillon. Tout cela doit rester entre nous. Qu'on nous critique, soit. Mais qu'on se moque de nous, c'est une autre affaire ! »

Mareuil sentit la pointe et faillit se rebiffer.

« Tout s'est passé comme je vous l'ai expliqué dans mon rapport, insista-t-il d'un air dégoûté.

— L'assassin s'est donc envolé », fit Lhuillier. Mareuil s'arrêta, fit front.

« Monsieur le directeur, je suis prêt à vous remettre ma démission...

— Allons, Mareuil ! Est-ce que je vous reproche quelque chose ? Vous jouez de malheur, voilà tout.

— C'est le pire reproche », dit Mareuil.

Il sortit de la P.J. furieux, malheureux, et se rendit à l'hôpital, où Fred avait établi son P.C. dans une petite pièce qui puait la pharmacie. Fred lisait les journaux.

« Alors ? jeta Mareuil.

— Rien de nouveau, dit Fred. Il n'a pas encore repris connaissance. On vient de lui faire une seconde transfusion... Vous avez vu ? »

Il montrait les feuilles étalées.

« Ce soir, tout Paris sera sur les routes, comme en 40. »

Mareuil retira sa veste, puisa une gauloise dans le paquet de Fred.

« C'est Tabard qui reprend l'enquête, dit-il.

— Et nous ?

— On continue ici.

— Façon de parler. Mongeot est cuit, d'après le toubib.

— J'y vais », fit Mareuil, en fourrant la cigarette dans sa poche.

Mongeot, cireux, les pommettes saillantes, les yeux clos, le nez maigre, paraissait mort. D'un récipient de verre accroché à une potence, descendait un tube de caoutchouc qui s'enfonçait sous le drap. L'inspecteur de garde se leva.

« Ça va, Robert ? » chuchota Mareuil.

Il prit une chaise, très doucement, et s'assit près de Mongeot. Une imperceptible respiration écartait les dents du blessé et, parfois, une onde nerveuse lui tirait les lèvres. Le silence, dans la chambre trop chaude, était plus inhumain que celui d'une cellule. Mareuil contemplait l'homme étendu qui, dans la nuit de l'inconscience, luttait contre la mort. Une sueur grasse huilait son front, poissait ses cheveux. La vérité était là, tapie au fond de cette tête vide de toute pensée. Le tube ? A travers le pays, des policiers en civil, en uniforme, interpellaient des gens, épluchaient des papiers, fouillaient des bagages. Des voitures stoppaient, devant les chicanes des barrages. Des vedettes accostaient des navires, se balançaient au flanc des cargos en partance. Mais la cachette du tube, elle était là, en un pli de ce cerveau endormi. Et Mareuil regardait le mourant avec une sorte de tendresse. Il essayait presque de lui transmettre un peu de sa volonté, de son énergie. S'il avait osé, il aurait appuyé sa large main sur le visage défait, comme un guérisseur. Mais Mongeot était seul pour mener son combat. Mareuil se leva, sans bruit, jeta un coup d'œil à la feuille de température, au pied du lit, se glissa dehors.

Le chirurgien opérait encore. Mareuil l'attendit, en parcourant des revues médicales qui lui donnaient envie de bâiller. Il s'interdisait de réfléchir. C'était la première fois, dans sa carrière, qu'il avait peur de s'interroger. Il repoussait au fond de sa mémoire les images qui cherchaient à en sortir, avec une ténacité de bêtes. La chambre vide, l'escalier vide, la maison vide. Et si, par hasard, il

112

regardait l'heure, aussitôt la même pensée lui sautait au visage : une quinzaine de secondes pour disparaître... comme à l'usine !

Le chirurgien parut, à la fin de la matinée. Il avait encore son bonnet blanc et sa blouse maculée de traînées rosâtres.

« Commissaire Mareuil. »

Ils se serrèrent la main.

« Combien de chances ? dit Mareuil.

— Une sur dix. Votre bonhomme a été saigné. C'est un alcoolique. La blessure, en soi, est grave mais pas mortelle. Je crains des complications.

— Quand reprendra-t-il connaissance ? »

Le chirurgien écarta les bras, sourit.

« Franchement, vous m'en demandez trop. »

Il enleva son bonnet, passa ses doigts dans ses cheveux blonds ; il avait soudain l'air d'un gosse, avec ses yeux bleus, très clairs.

« Dans la soirée, je suppose... Vous voudriez l'interroger ? Pas question.

— Juste une minute. »

Les yeux bleus devinrent durs.

« Inutile.

— Si vous saviez tout ce qui est en jeu, insista Mareuil.

— Je ne veux pas le savoir. Et je vous prie de retirer cet inspecteur qui m'a été imposé. Personne dans la chambre. »

Mareuil aimait l'autorité, chez les autres. Il s'inclina.

« Sauvez-le-moi, dit-il. Je vous promets que nous nous ferons tout petits. »

Et l'attente commença, horrible. Mareuil, au

début, inventa mille petites besognes, pour s'occuper. Il vérifia le dispositif de sécurité mis en place par Fred. Le quartier de l'hôpital, où Mongeot agonisait, fut soumis à une surveillance constante. Mareuil rédigea un nouveau rapport, passa au crible le personnel employé dans le secteur de Mongeot. Puisque l'assassin disparaissait à volonté, il pouvait réapparaître à volonté. Le couloir sur lequel donnait la chambre de Mongeot fut gardé par un inspecteur dissimulé dans la lingerie. Toutes les deux heures, Mareuil rendait compte à Lhuillier. Mais, à partir de cinq heures, l'après-midi se traîna. De temps en temps, Mareuil entrouvrait la porte, regardait Mongeot, toujours immobile, refermait, soupirait. Fred alla chercher les éditions du soir. La presse démentait les informations précédentes, parlait maintenant d'un tube d'essai dont seule la radio-activité pouvait provoquer des accidents, et invitait la population à conserver son sang-froid. D'ailleurs, toutes les précautions étaient prises et l'enquête en cours s'orientait favorablement.

« Faut voir la gueule des gens, commenta Fred. Ils ont tous la trouille. Les kiosques sont dévalisés. »

Mareuil lut distraitement les feuilles encore grasses. Ce qui se passait hors de l'hôpital ne l'intéressait plus. Son univers se réduisait à un long couloir au tapis caoutchouté et à « la chambre ». Cependant, à six heures, il reçut un coup de téléphone qui le rendit encore plus nerveux. La balle extraite de la poitrine du chauffeur provenait bien du revolver qui avait tué Sorbier. L'expert

114

était formel. Le canon laissait, sur chaque projectile, une petite éraflure caractéristique.

Ainsi Mareuil avait raison. Les deux affaires étaient liées. Mais comment ? Ce n'était pas Mongeot qui avait tué Sorbier puisque l'arme du crime était entre les mains de celui qui l'avait abattu. Ce n'était pas Mongeot, par conséquent, qui avait dérobé le tube, car de toute évidence, l'assassin de Sorbier était également le voleur. Alors ? A quoi bon attendre le réveil de Mongeot ?... Mareuil, ravagé de doutes, recommençait à tourner dans le même cercle d'hypothèses saugrenues et de suppositions délirantes. Peut-être Mongeot avait-il écrit à Sorbier pour lui annoncer la venue du mystérieux visiteur ?... Grotesque !... Et pourquoi une lettre recommandée ?... Dans quelles circonstances envoie-t-on une lettre recommandée ? Quand on a affaire à quelqu'un de récalcitrant ou de mauvaise foi. Ou bien quand on veut être sûr que la lettre sera remise en main propre... Cette lettre recommandée compliquait tout. Mareuil, sur la pointe des pieds, retournait jeter un coup d'œil dans la chambre, étudiait le profil du chauffeur, guettant quelque idée neuve... Y avait-il deux affaires distinctes ? Mongeot aurait pu voler, au domicile de Sorbier, quelque document qu'il aurait, ensuite, essayé de revendre à l'ingénieur ? D'où la lettre. Et pendant ce temps, l'assassin aurait conçu et réalisé son hold-up ? Mais les deux affaires se rejoignaient forcément au moment du second coup de revolver... La migraine tournait sous le crâne du commissaire.

« Faut pas vous faire tant de mouron, conseillait Fred. A quoi ça sert ? »

Le chirurgien, vers huit heures, pénétra dans la chambre de Mongeot, suivi de la voiturette à pansements et de deux infirmières. Mareuil resta dans le couloir, aussi inquiet que l'eût été le plus proche parent de Mongeot. Il entendait le cliquetis des instruments, le tintement des fioles. Et dans cet hôpital de malheur, il était interdit de fumer ! Quand le chirurgien sortit, Mareuil le questionna, d'un battement de cils.

« Toujours pareil... le cœur est mou. La fièvre se maintient... On va lui faire du plasma.

— Il ne parlera pas ?

— Il a déjà assez de mal à se maintenir en vie. Il est sur le bord, vous savez. »

Mareuil balança. Rentrer se coucher ? veiller ? Il choisit la solution intermédiaire : dormir à l'hôpital. On lui donna un lit, dans une pièce minuscule, et il entendit sonner les heures, une à une, au clocheton de la chapelle. A minuit, il fit une ronde. Mongeot n'avait pas bougé. La veilleuse lui creusait les orbites d'une façon horrible. Au bout du couloir, l'inspecteur lisait les journaux.

« Rien de neuf ? chuchota Mareuil.

— Rien, chef... Dites donc, vous avez vu, il y a des équipes qui patrouillent dans Paris avec des compteurs geiger. C'est vraiment aussi sérieux que ça ?

— Plus ! » grogna Mareuil.

Il s'éloigna, sur ses chaussettes, se recoucha et ne s'endormit qu'au petit jour. Ce fut l'inspecteur qui le réveilla.

« Chef... Chef... Mongeot reprend connaissance. »

Dépeigné, barbu, l'haleine amère, Mareuil se précipita. Une infirmière essuyait le visage en sueur de Mongeot. Elle fit signe à Mareuil de marcher doucement. Mongeot avait ouvert les yeux et regardait fixement la plafond. Il essayait de percer le brouillard où il était enseveli, et sa bouche se crispait, découvrant une canine pointue. L'infirmière lui mouilla les lèvres et le blessé décolla sa langue avec un bruit spongieux. Mareuil s'agenouilla, mais ne recueillit qu'un gémissement très bref. Puis les paupières basculèrent lentement et Mongeot s'engloutit dans le coma. Ses mains, qu'il avait fermées, se détendirent, versèrent sur le côté.

« Est-ce qu'il va mourir ? dit Mareuil.

— Il n'est pas brillant », chuchota l'infirmière qui cassait déjà l'extrémité d'une ampoule.

Le commissaire s'en alla, découragé. Il avala une tasse de café, en compagnie de Fred qui avait passé la nuit chez lui et revenait prendre les ordres.

« Les journaux ? dit Mareuil.

— Ils attaquent le gouvernement. Population mal protégée, incurie, négligence, enfin, vous voyez ça. La chasse aux responsables est ouverte.

— Je suis bon », soupira le commissaire.

Il se rasa au galop, sans glace, avec un infâme rasoir mécanique emprunté au concierge et qui enflammait la peau comme une râpe. Ensuite, il téléphona à Lhuillier qui ne décolérait plus.

« Qu'on le pique, qu'on le drogue, cria Lhuillier, mais qu'il parle !

— Adressez-vous aux chirurgiens », riposta Mareuil.

Tabard appela, de l'usine, pour obtenir quelques renseignements et Mareuil l'envoya vertement promener. Il rôda dans l'hôpital, mains au dos, mâchoires bloquées, couvant sa rage. Il se jurait de rester sur cette affaire, dût-il se mettre en congé. Mais si Mongeot mourait, par où reprendre l'enquête ?... Le coup de téléphone, parbleu !

« Fred ! »

Il était revenu dans la pièce qui lui servait de bureau, et ses yeux brillaient.

« Tu vas courir au bistrot de la rue Brossolette et interroger le patron. Il a entendu l'assassin, hier au soir. Peut-être même l'a-t-il déjà vu en compagnie de Mongeot. Grouille ! »

Il s'accorda le temps de savourer sa première cigarette et, tout en faisant les cent pas, dans la cour, il imagina une hypothèse neuve : Mongeot devait attendre l'assassin quelque part, près de l'usine. Il avait chargé le tube dans une voiture et l'avait emporté, tandis que l'homme regagnait peut-être l'usine, par la grande porte. Il aurait fallu vérifier l'emploi du temps de tous les employés, y compris le personnel supérieur. Tabard allait certainement s'attaquer à cet immense travail...

Un appel le tira de sa méditation. Mongeot semblait se ranimer. Mareuil fila le long des couloirs, et ne s'aperçut qu'en chemin qu'il avait oublié de mettre sa cravate. Il trouva Mongeot un peu moins livide. Dastier, le jeune chirurgien, achevait de le panser.

« Il entend, dit-il... Essayez, mais pas long-temps. »

Et Mareuil bafouilla parce qu'il ne savait plus par où commencer. Mongeot avait tourné la tête. Ses yeux demeuraient troubles, distraits, mais ils suivaient les mouvements du commissaire.

« Mongeot, murmura Mareuil, j'étais là... quand on vous a tiré dessus... dans le jardin... Vous m'entendez bien ? »

Mongeot battit des paupières.

« Bon... Je vous surveillais... Comment s'appelle votre agresseur... Dites-moi seulement son nom, et ce sera tout pour aujourd'hui. »

Dastier et les deux infirmières s'étaient rappro-chés. Cela faisait, au-dessus du lit, une couronne de visages que le blessé considérait avec une attention laborieuse, comme s'il avait éprouvé une peine infinie à distinguer les images du réveil de celles du sommeil.

« Seulement le nom... » répéta Mareuil.

Mongeot fit rouler sa tête de droite à gauche.

« Il refuse, chuchota une infirmière.

— Je crois plutôt qu'il ne sait pas, dit Dastier.

— Le nom ? » fit Mareuil durement.

Dastier prit le poignet de Mongeot et Mongeot eut une ombre de sourire à l'adresse du chirurgien. Mareuil se pencha davantage.

« Ecoute, Mongeot... Tu le connaissais... hein ?... Ferme les yeux, si tu le connaissais... Ce n'est pas bien difficile, ce que je te demande... Tu le connaissais forcément. Alors, tu n'as qu'à fermer les yeux. »

Mongeot gardait obstinément les yeux ouverts.

« Ne me raconte pas d'histoire, grommela Mareuil. Lui, te connaissait bien. »

Mongeot ferma les yeux.

« Il te connaissait et tu ne le connaissais pas ? »

Alors, d'une voix étrange, sans timbre, qui ressemblait à un sanglot, Mongeot prononça :

« Non. »

Et une grimace de douleur lui tordit la bouche.

« Laissez-le, ordonna Dastier. Il est déjà épuisé. »

Il poussa le commissaire hors de la chambre. Mareuil aussitôt appela Lhuillier.

« Ça y est, fit-il très excité, il va avouer. Il a déjà répondu.

— Il connaît l'assassin ?

— Justement, il prétend qu'il ne le connaît pas, mais c'est un mensonge. Je n'ai pas pu l'interroger longtemps parce qu'il est encore trop faible. Dès ce soir, je vais le prendre en main. N'oubliez pas d'intervenir auprès du chirurgien. Un nommé Dastier. Un garçon intelligent, qui ne refuse pas de nous aider... Et Tabard ?

— Rien.

— Je vous avais prévenu », conclut Mareuil, et il raccrocha.

Dès lors, commença entre le blessé et le policier, une redoutable partie. Mareuil était patient. Mongeot sentait qu'il avait pour lui les infirmières et le chirurgien. Dastier ne refusait pas d'aider Mareuil, mais, dès que Mongeot paraissait à bout, il s'interposait, condamnait la chambre, et le commissaire, obstiné, allait fumer cigarette sur cigarette, dans la cour, puis il revenait.

« Ecoute-moi bien, mon petit Mongeot. Ne fais pas semblant de dormir. Ça ne prend pas. Tu as vu l'homme comme je te vois... Comment était-il ? »

Et Mongeot, avec des soupirs, des hésitations, des rictus de souffrance, lâchait des réponses, par bribes.

« Petit... avec une gabardine.

— Comment, la gabardine ?

— Noire.

— Avec une ceinture ?

— Avec...

— Un chapeau ?

— Oui.

— Un feutre ?

— Oui.

— Sur les yeux ?

— Oui.

— Moustache ? Barbe ?

— Non... Rasé... »

Mareuil serrait les poings. Il devinait les mensonges de l'homme. Il était sûr que Mongeot racontait n'importe quoi. D'ailleurs, le chauffeur se coupait, d'un jour sur l'autre, et quand Mareuil haussait le ton, il regardait l'infirmière qui accompagnait toujours le commissaire, d'un air si dolent qu'elle arrêtait aussitôt l'interrogatoire.

« Vous ne vous rendez pas compte que c'est une fripouille, protestait Mareuil.

— Peut-être. Mais ici il a droit à des égards. »

Et Mongeot, qui, maintenant, se rétablissait à vue d'œil, persistait dans son attitude de grand malade, gémissait brusquement, quand Mareuil le serrait de trop près.

« Bon, disait Mareuil. Repose-toi. Je reviendrai dans un quart d'heure. »

Il réapparaissait, un moment après, se frottant les mains, un bon sourire aux lèvres.

« Alors ? Ça va mieux ?... On bavarde un peu. »

Il reprenait tout à la base, signalement de l'inconnu, allure, façon de parler... Mongeot finissait par entrer dans le jeu, malgré lui.

« Où t'attendait-il ?

— Devant la porte.

— Pourquoi ce rendez-vous, à dix heures du soir ?

— Il était occupé toute la journée.

— Comment savait-il que tu prenais tes repas *Chez Jules* ?

— Je ne sais pas.

— C'était la première fois qu'il te téléphonait ?

— Oui.

— Qu'est-ce qu'il te voulait ?

— M'engager comme chauffeur.

— Pourquoi l'as-tu fait entrer ?

— On ne pouvait pas parler dehors.

— Soit. Qu'est-ce que vous avez dit ?

— Rien. Il a sorti un revolver.

— Tout de suite, comme ça ?

— Oui.

— C'est faux. Du trottoir, je te voyais gesticuler.

— Je voulais l'empêcher de tirer. Je lui ai promis de l'argent... J'ai essayé de gagner du temps... Et puis, il s'est approché et il m'a visé, à la poitrine. Je vous jure que c'est la vérité. »

122

Mareuil allait au téléphone, répétait à Lhuillier les réponses de Mongeot.

« Il ment ! criait Lhuillier. Voyons, Mareuil, vous n'allez pas vous laisser conduire en bateau...

— Je voudrais bien vous y voir ! »

Ecœuré, Mareuil essayait de faire le point avec Fred.

« En somme, faisait Fred, toujours placide, de quoi est-on sûr ? De rien. Le patron du bistrot n'a entendu qu'une voix étouffée, " à peine perceptible ", m'a-t-il précisé. Quelqu'un a demandé M. Mongeot, c'est tout. Et Mongeot s'est contenté de répéter : " Bon... Bien... D'accord... " A partir de là, tout le reste est baratin, sauf le coup de revolver. »

Mareuil devait bien convenir que Fred avait raison. Mais Mongeot s'obstinait sur ses positions. Mareuil, de son côté, s'entêtait, avait de brusques envies de saisir le chauffeur à la gorge, quand il le voyait, adossé à ses oreillers, calme, un peu narquois, en pleine possession de ses moyens.

« Parlons de cette lettre recommandée. Tu ne vas pas prétendre que tu ne l'as pas envoyée ?

— Non.

— Alors ? Qu'est-ce qu'il y avait dedans ?

— Des injures et des menaces... Une lettre idiote, quoi ! J'étais furieux d'avoir été renvoyé. J'ai écrit tout ce qui me passait par la tête.

— Mais tu as pris la précaution de mettre un faux nom sur la fiche.

— M. Sorbier aurait pu déposer plainte.

— Tu n'avais donc pas non plus signé ta lettre ?

— Non. Je ne voulais aucun mal à M. Sorbier. J'ai été désolé, quand j'ai appris qu'il était mort. »

Tout cela était débité avec le plus grand calme, accompagné de demi-sourires, appuyé de regards insolents. Mareuil opinait, à petits coups, faisait semblant de prendre au sérieux ces explications.

« Comment étais-tu entré au service de M. Sorbier ?

— Par hasard. L'usine est à deux pas de chez moi. J'ai d'abord cherché à me faire embaucher. Il n'y avait pas d'emploi vacant, mais on m'a signalé que M. Sorbier avait besoin d'un chauffeur. »

Mareuil vérifia. C'était exact. Mongeot s'était bien présenté à l'usine. Sans doute avait-il montré à Sorbier de faux certificats. Mais cela non plus, l'homme ne l'avouerait pas.

Mareuil revint à la charge.

« Où étais-tu, à deux heures, le jour où M. Sorbier a été tué ? »

Mongeot sourit.

« A Enghien. J'avais deux tuyaux : Atalante et Fine Oseille. »

L'alibi fut vérifié par Fred. Il était bon. Mongeot avait bavardé avec des lads. Indiscutablement, il n'était pas à Courbevoie.

« Tu observais l'usine, avec tes jumelles ?

— Moi ? J'avais autre chose à faire. J'avais besoin de jumelles quand j'allais aux courses. »

Mareuil perdait du terrain. Un soir, il abandonna l'hôpital et retrouva Belliard dans un bar des Champs-Elysées.

« Je laisse tomber, soupira-t-il.

— Quoi ? dit Belliard. Tu ne l'arrêtes pas ?

— Impossible. Il n'y a rien contre lui. Maintenant, il passe pour la victime. C'est tout juste si le personnel ne me tourne pas le dos.

— Pourtant...

— Oui, oui... Il est dans le coup. J'en suis aussi sûr que je te vois là. Mais va donc le prouver. Il a écrit une lettre à Sorbier. Et après ? Il a été blessé par une balle identique à celle qui a tué Sorbier. Et après ? Il peut aussi bien prétendre que l'assassin de Sorbier s'attaque maintenant à ses proches. Que demain ce sera le tour de la vieille Mariette ou de Linda... Il peut raconter n'importe quoi !

— Alors ?

— Alors, il quitte l'hôpital demain. En pleine forme et blanc comme neige.

— Mais toi ?

— Moi, fit amèrement Mareuil. Je me sens mûr pour la retraite ! »

VIII

Mongeot quitta l'hôpital et revint chez lui. Fred ne le perdait pas de vue et téléphonait à Mareuil plusieurs fois par jour. Mais la « piste Mongeot » n'intéressait plus personne, en haut lieu. Mareuil avait beau démontrer à Lhuillier que le chauffeur mentait, qu'il cherchait à couvrir l'assassin, pour des raisons d'ailleurs très obscures, Lhuillier haussait les épaules. A ses yeux, Mongeot n'était plus qu'une victime qu'il fallait protéger et non pas espionner. On attendait la lumière de l'enquête de Tabard. Ce dernier avait entrepris une besogne gigantesque : il vérifiait l'emploi du temps de tous ceux — manœuvres, employés, ingénieurs — qui étaient présents à l'usine, le jour du crime. Les allées et venues de chacun étaient reconstituées, chronométrées, analysées, et une montagne de paperasses s'accumulait sur le bureau du directeur. En même temps, une dizaine d'inspecteurs battaient les abords de l'usine ; ils furetaient dans les bistrots, les garages, interrogeaient les mariniers, mais le tube restait introuvable. L'émotion était toujours vive. Les journaux avaient publié, sur le tube, des informations précises, et une prime d'un million était offerte à qui fournirait des renseignements permettant de le retrouver. On avait interviewé Linda et jusqu'à la vieille Mariette. Il était question de décorer Sorbier à titre posthume. Mareuil enrageait à froid, encaissant affront sur affront, et se crispait dans sa volonté d'aller jusqu'au bout. Il n'était peut-être pas génial, mais il ne lâcherait pas le morceau. Le morceau c'était Mongeot, un Mongeot paisible, sûr de son droit, et manifestement bien loin de soupçonner la surveillance dont il était l'objet. Le matin, il se levait tard, faisait une courte promenade au bord de l'eau. Il déjeunait *Chez Jules*, jouait aux cartes avec des habitués. Ensuite, c'était l'heure de l'apéritif. On écoutait la radio, le résultat des courses. On rentrait vers dix heures, sans se presser. Pas de lettres. Pas de coups de téléphone. Rien.

« Je ne me suis jamais autant barbé, se plaignait Fred.

— Et moi, grognait Mareuil, tu crois que je m'amuse ? »

Mongeot ! C'était son idée fixe. Il sentait que l'assassin de Sorbier chercherait à reprendre contact avec le chauffeur, peut-être pour acheter son silence ou peut-être pour lui fermer la bouche définitivement. Mais si Mongeot connaissait celui qui avait voulu le tuer, pourquoi paraissait-il tellement calme ? Car le chauffeur était manifestement tout le contraire d'un homme inquiet. Il ne prenait aucune précaution, ne fermait même pas à clef la grille du jardinet. Sa sérénité avait quelque chose de monstrueux. Les jours passaient. Paris se vidait de plus en plus. Il y avait déjà des taches rousses dans les arbres et, çà et là, les avenues revêtaient fugitivement une grâce provinciale. Mareuil s'enfonçait dans une sorte d'atonie ; il avait l'impression de somnoler, du matin au soir. Quelquefois, il rencontrait Belliard, l'invitait à boire un whisky.

« Ça va, le petit ?

— Ça va. J'ai l'intention de louer quelque part, en Bretagne, pour le mois de septembre.

— Tu devrais conseiller à Linda d'en faire autant. Ces journalistes, ces articles sur Sorbier... J'ai un peu pitié d'elle.

— Je lui en parlerai. Elle a justement un chalet, dans le Jura.

— Et à l'usine ?

— Rien de neuf. Tabard s'agite beaucoup. Il empoisonne tout le monde. Mais toi ? Qu'est-ce que tu deviens ?

— Tu vois. Je tourne à la vieille bête.

— Mongeot ? »

Mareuil n'osait pas avouer qu'il s'obstinait sur la piste Mongeot ; il avait un geste vague.

« Laissons Mongeot où il est. Il a failli me rendre cinglé, ce type-là ! »

Mareuil revenait chez lui, téléphonait à Fred, hochait la tête et se collait sous la douche. Mais il ne parvenait pas à dormir. A cause des quatorze secondes, des vingt secondes... Il finissait par s'embrouiller, et, pour se calmer, se fournir à tout prix une excuse, il se persuadait que quelque indice capital manquait encore et que personne, à sa place, n'aurait fait mieux. Il y eut un fait nouveau.

Mongeot, à quatre heures de l'après-midi, au cours d'une promenade, avait téléphoné d'une cabine publique. C'était l'inspecteur Grange qui le filait. Il rendit compte, mais l'incident était si minime qu'on n'en pouvait rien conclure.

« Il a téléphoné longtemps ?

— Oh non ! dit Grange. Peut-être trois minutes.

— Vous l'aperceviez ?

— De dos.

— Quand il est sorti, est-ce qu'il avait l'air effrayé, ou content... enfin, vous comprenez ce que je veux dire. »

L'inspecteur Grange était un garçon qui connaissait bien son métier, mais il ne s'occupait guère, d'habitude, des expressions de physionomie de ceux qu'il surveillait.

« C'est bon, conclut Mareuil. Je vais le reprendre en main. »

Puisque Mongeot téléphonait, c'est que quelque chose se préparait. Du moins, Mareuil le souhaitait-il de toutes ses forces. Fred était plus sceptique.

« Il a voulu mettre de l'argent sur un canasson », expliquait-il gentiment, pour ne pas contrister le commissaire. Mais Mareuil ne voulait rien entendre. A huit heures, ils passaient devant le bistrot de la rue Brossolette, et Mareuil réprima un sursaut. Mongeot dînait, au fond de la salle, tout seul, tandis que le patron lisait son journal, et la scène ressemblait tellement à l'autre, celle qui avait précédé la tentative de meurtre, que Mareuil éprouvait, maintenant, une espèce de crainte superstitieuse. Tout allait recommencer. Mais où ?

130

Comment ? Un instant, il songea à battre en retraite pour tendre une souricière dans la maison du chauffeur. Mais, si Mongeot avait fixé un nouveau rendez-vous, il l'avait sûrement donné ailleurs. Mareuil entraîna Fred jusqu'au chantier, où il avait déjà attendu avec Belliard.

« Vous êtes bien nerveux, patron, observa Fred.

— Il y a de quoi », soupira Mareuil.

Il s'assit sur une brouette et ajouta :

« Ne reste pas debout. Nous en avons pour un moment. »

En quoi il se trompait, car Mongeot sortit du bistrot une demi-heure plus tard. Mareuil le laissa prendre une cinquantaine de mètres d'avance, puis se mit en marche à son tour, cependant que Fred allait s'installer dans l'auto.

Mongeot avait tourné dans la rue Victor-Hugo, et se dirigeait vers Paris. Il ne rentrait donc pas chez lui. Tout au moins pas directement. Il marchait les mains aux poches, en flâneur. Pas une fois il ne se retourna. Sans doute l'homme était-il maintenant persuadé que la police avait définitivement cessé de s'intéresser à lui. Mareuil, pourtant, ne négligeait aucune de ses précautions habituelles. De loin en loin, il s'arrêtait, laissant Mongeot augmenter son avance.

Porte d'Asnières, stationnait une file de taxis. Mongeot grimpa dans le premier, sans hâte. Et Mareuil n'eut pas besoin de faire signe à Fred. Déjà, celui-ci stoppait à ses côtés. Instinctivement, le commissaire repoussa son compagnon sur la banquette et prit le volant.

Tout de suite, il accéléra. Tant pis, on foncerait

jusqu'à la limite. Mais il n'y eut pas à foncer. Le taxi s'engagea dans l'avenue de Wagram, roulant benoîtement vers l'Etoile. Visiblement, Mongeot n'avait pas recommandé au chauffeur d'aller vite.

« Je n'y comprends plus rien, avoua Fred.

— Tu t'y feras », dit Mareuil, les sourcils froncés.

Le trafic était peu intense. La 403 aurait pu les laisser sur place. Elle tenait un petit cinquante et cela décuplait la colère de Mareuil. Il aurait préféré le coup dur, l'action violente qui conduit, au moins, à un résultat. Le taxi s'engagea dans l'avenue des Champs-Elysées et ralentit. Mareuil serra le trottoir, prêt à stopper, mais la 403 grise, à trente mètres devant, roulait toujours.

« Relève son numéro », jeta Mareuil.

On distinguait la tête et les épaules de Mongeot. Celui-ci semblait observer les maisons. Il se pencha, sans doute pour donner un ordre au chauffeur. Le taxi s'arrêta devant un cinéma.

« Vu, dit Fred. Le rancard est dans le cinéma. »

Mongeot payait, traversait le trottoir, toujours nonchalant, sa pipe vide entre les dents. Il regarda les affiches. Mareuil s'était rangé entre deux voitures et n'avait pas fermé les portières à clef, pour gagner du temps, si c'était nécessaire. Au bord de la chaussée, dissimulés par un arbre, les deux hommes observaient Mongeot. Celui-ci souleva sa manche pour voir l'heure, parut hésiter, puis entra.

— « File ! dit Mareuil. Il ne te connaît pas. Prends les mêmes places que lui. »

Il s'avança lentement, feignant de contempler à son tour les affiches. Fred revint avec deux billets.

« Orchestre ! »

C'était l'entracte. Une ouvreuse guidait Mongeot dont ils reconnurent la silhouette râblée, sur le fond clair de l'écran. La salle était presque déserte. Mongeot choisit un fauteuil assez loin en avant. Il était seul dans sa rangée. Personne devant lui, personne derrière.

« L'autre n'est pas arrivé », chuchota Mareuil.

Ils s'installèrent en bordure de l'allée. « Souriez mieux... », conseillait une jeune femme aux dents éclatantes.

« Il s'est mis loin pour que personne ne surprenne leur conversation, observa Fred. Mais, d'ici, on pourra facilement repérer l'autre client, voir un peu quelle tête il a. »

Le rideau se ferma sur la publicité, pour se rouvrir sur le film. Mareuil regardait à peine les images. Il surveillait l'allée, dévisageait au passage, dans la pénombre, les rares spectateurs qui entraient dans la salle et suivaient le disque clair de la lampe électrique que l'ouvreuse braquait sur le tapis. Nul ne venait s'installer auprès de Mongeot. Les minutes s'écoulaient.

« Je commence à croire qu'on s'est gourés ! murmura Fred. Qu'est-ce qu'il attend, le salopard ! »

Mais déjà le doute s'insinuait dans leur esprit. Mongeot avait bien le droit d'aller au cinéma, comme demain il aurait le droit d'aller à Longchamp ou au Tremblay. Ils perdaient leur temps.

« Sortons, dit Mareuil. On l'attendra dehors. »

Le film allait finir. La musique s'enflait, pour le

baiser final. Ils remontèrent l'allée, l'un derrière l'autre, accablés.

« Pourtant, grogna Mareuil, il y a eu ce coup de téléphone. Grange ne l'a pas rêvé ! »

La nuit était si claire que, malgré les lumières, on voyait les étoiles, toutes proches. Mongeot sortit, leva la tête, respira comme une bête heureuse. Il bourra sa pipe, amoureusement, et, à petits pas, remonta l'avenue.

« Qu'est-ce qu'on fait, patron ?

— Comme tout à l'heure. »

Et la filature recommença, identique à la précédente, identique aussi à celle qui avait conduit Mongeot devant le revolver de l'assassin. Mais, cette fois, l'itinéraire était différent. Après avoir contourné la place de l'Etoile, Mongeot venait de s'engager dans l'avenue de la Grande-Armée. De temps en temps, Mareuil se retournait. Fred gardait la distance et le commissaire songea que son moteur allait bouillir si la promenade continuait encore longtemps. Mongeot marchait d'un bon pas. Parfois, des étincelles sortaient de sa pipe. Parvenu à la porte Maillot, il se mit à longer les grilles du Bois, et Mareuil, brusquement, devina. Les Sorbier ! Il allait chez les Sorbier. Mais non ! C'était absurde. Et pourtant... Mareuil se hâta. Mongeot venait d'atteindre le boulevard Maurice-Barrès ; et voilà qu'il traversait obliquement, prenait pied sur le trottoir bordé de petits jardins. Alors, Mareuil agita violemment les bras et Fred passa ses vitesses puis se laissa glisser sur l'élan, moteur calé. Il s'arrêta silencieusement devant le commissaire.

« La villa des Sorbier, chuchota Mareuil.

— Quoi ? »

Fred, ahuri, sortit de la voiture.

« On l'arrête ? demanda-t-il.

— Pour quel motif ? Et puis il faut absolument savoir ce qu'il vient voler. Il a dû cacher quelque chose dans la maison.

— Le tube ? »

Ils se regardèrent, saisis, puis Mareuil haussa les épaules.

« J'en doute, fit-il. Sorbier, le jour du vol, n'avait pas sa voiture... »

Ils risquèrent un regard. La silhouette de Mongeot était immobile devant la grille de la villa. Des nuages dérivaient, dans le ciel, et l'endroit était sombre. Ils cessèrent d'apercevoir Mongeot.

« Il est entré », souffla Fred.

Mareuil se mit en marche, sans bruit. Il entendait à peine, derrière lui, le glissement de Fred. Lorsqu'ils atteignirent la grille, Mongeot avait gravi le perron et se penchait sur la serrure, sans doute pour introduire un passe, ou une clef qu'il avait gardée. Mareuil inspecta rapidement la façade : tous les volets du rez-de-chaussée étaient clos. Au premier, les volets étaient restés ouverts mais, à une vague lueur, on devinait que les fenêtres étaient fermées, leurs vitres reflétant la nuit. La porte s'entrebâilla et Mongeot se faufila dans le vestibule.

« Attends-moi ici, fit Mareuil. S'il m'échappe, tu le cravates. Cogne, s'il le faut ! »

Il coupa à travers une plate-bande, ramassa quelques graviers de l'allée et les lança vers la fenêtre de Linda. La plupart retombèrent au pied du mur, mais quelques-uns crépitèrent sur les carreaux. Mareuil attendait, la poitrine un peu serrée. Soudain, la fenêtre s'ouvrit ; la tache blanche d'un visage se pencha.

« Commissaire Mareuil... C'est vous, madame Sorbier ?

— Qu'est-ce que c'est ? »

Mareuil reconnut la voix étouffée de Linda.

« N'ayez pas peur... Vous m'entendez bien ?

— Oui.

— Enfermez-vous à clef.

— Pourquoi ?

— Faites ce que je vous dis... Tout de suite... J'attends... Dépêchez-vous. »

Le visage disparut. Mareuil tendit l'oreille. Tout était calme, dans la maison. Mongeot ne donnait pas signe de vie.

« Ça y est. »

La voix de Linda tremblait, trahissant son affolement.

« Ne bougez plus, recommanda Mareuil. Il y aura peut-être du bruit, mais vous ne risquez rien... rien... Je vous défends de sortir. »

La fenêtre fut repoussée. Mareuil, des yeux, chercha Fred, le vit, debout, devant la grille. Et brusquement, son front se mouilla. A l'usine, comme à Levallois, quelqu'un surveillait la façade. « Aucun rapport, pensa-t-il. Mongeot n'est pas dangereux. Ce n'est pas lui qui a... » Il monta les marches du perron avec précaution. Déjà, il tendait la main pour pousser la porte entrouverte, lorsqu'un choc violent retentit, à l'intérieur de la maison, suivi d'un autre, d'un troisième. Et aussitôt, Linda hurla :

« A moi ! Au secours ! »

« Bon Dieu ! Il enfonce la porte de la chambre ! »
L'idée fulgura dans l'esprit de Mareuil qui se précipita, mais la nuit était si profonde dans le vestibule, qu'il dut s'arrêter, s'orienter. Un nouveau coup ébranla la maison. Mareuil perçut nettement le halètement de l'homme, vidé de son souffle par la violence du choc. Il devait se ruer de l'épaule ; la porte ne résisterait pas longtemps. Les coups se précipitaient. Ils retentissaient dans le crâne de Mareuil, dans sa poitrine, tandis qu'il perdait de précieuses secondes à chercher, le long du mur, le commutateur. Il le trouva enfin. La lumière éclaira le hall, l'escalier. Mareuil courut, escalada les premières marches ; il y eut encore deux chocs, assenés à toute volée, puis ce fut le silence, au moment même où Mareuil parvenait au tournant de l'escalier. Mongeot, surpris, devait se retourner, faire face à l'assaillant. Mareuil, les poings serrés, déboucha sur le palier du premier, inondé de clarté, et son élan le porta jusqu'au mur où il s'appuya. Autour de lui, des portes fermées, le silence. Il sentit ses jambes mollir. Où était Mongeot ?... Voyons, d'un côté, le bureau de Sorbier, la chambre de Linda ; de l'autre, la chambre d'amis... Mareuil passa son bras sur son visage en sueur... Attention ! Mongeot était caché là, dans le bureau ou dans la chambre d'amis... Mareuil tourna la poignée de la porte de Linda.

« Madame Sorbier ?... Vous m'entendez ?

— Oui... J'ai peur... On a voulu entrer... Que se passe-t-il ?

— Rien de grave... N'ouvrez pas encore. Seulement quand je vous le dirai. »

Il marcha jusqu'au bureau, saisit le bouton, d'un coup de pied, fit claquer la porte contre le mur. Le commutateur brillait, éclairé par le plafonnier du palier. Mareuil alluma. Sans franchir le seuil, il découvrait tout le bureau. La pièce était vide. Il ouvrit la porte de la chambre d'amis. Il n'y avait personne. Restait la fenêtre, au bout du couloir. Mais elle était fermée. Mareuil l'atteignit en trois enjambées. Fermée ? Non, les battants étaient simplement rapprochés ; un espace tout juste suffisant pour passer la main, le bras. Il les écarta, se pencha, aperçut Fred, immobile, à son poste. Pour la première fois de sa vie, Mareuil eut une très brève défaillance et s'appuya au mur des deux poings. Il devenait fou, ou quoi ? Une minute plus tôt, l'homme était là, qui se déchaînait sur la porte de Linda. Il n'avait pas eu le temps de s'enfuir. Le second étage ? Impossible. Mareuil l'aurait entendu dans l'escalier. Il fit cependant demi-tour, leva la tête. Une autre ampoule brillait au plafond du palier supérieur. L'escalier du second était vide, lui aussi, rigoureusement vide. Mareuil, les épaules lourdes, s'engagea lentement dans l'escalier trop ciré, où ses pieds dérapaient. Là-haut non plus, il ne trouverait personne. Brusquement, l'image de la vieille Mariette lui traversa l'esprit, et il franchit les dernières marches en courant. La chambre de la domestique était inoccupée, le lit soigneusement recouvert. Mariette n'était pas à la villa. Mareuil visita l'ancienne chambre de Mongeot, le grenier. Aucune trace du passage du fugitif. Mareuil, l'esprit en déroute, redescendit. Il frappa légèrement à la porte de Linda.

« Ouvrez-moi. »

Le verrou fut poussé. Linda apparut, très pâle, vêtue d'une chemise de nuit ajourée, les pieds nus. Et Mareuil, gêné, s'arrêta sur le seuil.

« Je m'excuse... »

Linda contourna le grand lit de milieu, alla décrocher un peignoir dans la penderie, l'enfila hâtivement, et revint auprès du commissaire. Ses lèvres tremblaient.

« On a essayé d'enfoncer ma porte.

— C'était Mongeot.

— Mongeot ?... Vous l'avez arrêté ? »

Sans répondre, Mareuil marcha vers la fenêtre, l'ouvrit. Le ciel s'était dégagé. Fred, au miieu de l'allée, un pistolet au poing, surveillait la façade. Il fit un pas en avant quand il aperçut Mareuil.

« Vous l'avez, patron ? »

La question atteignit Mareuil comme un coup.

« Tu n'as rien vu ?

— Rien, dit Fred.

— Tu es sûr ?

— Ben voyons !

— Ça va. Reste où tu es. »

Mareuil se retourna. Linda, debout près de son lit, le considérait avec le même effroi mal contenu.

« Où est Mariette ? interrogea Mareuil. J'ai fouillé tout le deuxième étage. Elle est partie ?

— Oui. Je l'ai envoyée devant. Vous savez peut-être que nous avons une propriété, dans le Jura...

une vieille maison qui appartenait à mon mari. J'avais l'intention de quitter Paris demain... Il s'agit de régler la succession. Le notaire de mon mari habite Lons-le-Saunier.

— Vous partirez demain, coupa Mareuil. Mais vous reviendrez le plus vite possible. Ici, il est plus facile de vous protéger.

— Vous croyez que... »

Mareuil essaya de se rattraper.

« Non... Votre vie n'est pas en danger. Mongeot sera arrêté dès demain, mais...

— Pourquoi s'est-il introduit ici ?

— Tout est obscur dans cette affaire, avoua Mareuil. En tout cas, rassurez-vous. Nous sommes là. Je laisserai un inspecteur jusqu'à votre départ. J'espère que je n'aurai plus à vous déranger, madame. Demain matin, je vous poserai quelques questions... Je suis vraiment désolé... »

Il ne savait plus comment se retirer. Ce fut elle qui lui tendit la main. Il fut ravi de se retrouver sur le palier et ne s'étonna pas d'entendre le glissement du verrou. La pauvre femme ! Elle avait raison de se barricader. Mareuil inspecta le rez-de-chaussée, en pure perte. La porte de la cuisine, donnant sur le côté de la villa, était fermée à clef. Mareuil l'ouvrit, contourna la maison, appela Fred.

« Eh bien, patron ?

— Eh bien, Mongeot a disparu.

— C'est impossible.

— Naturellement. Mais c'est un fait qu'il a disparu. Allons visiter le garage. »

Le garage, lui aussi, était fermé à clef. Fred eut

du mal à faire jouer la serrure. Ils allumèrent, regardèrent dans la D. S., ouvrirent même le coffre pour n'avoir rien à se reprocher.

« La place est à prendre, mon petit Fred, dit Mareuil. J'abandonne la police.

— Ne racontez pas de sottises.

— Je n'ai plus le choix. On va me rire au nez. Encore heureux que j'aie pu protéger Mme Sorbier. La prochaine fois, j'aurai moins de chance.

— Mais non ! Il n'y aura pas de prochaine fois.

— Est-ce que je sais ! »

Ils refermèrent soigneusement le garage, et Mareuil donna un coup de pied dans les cailloux. La fureur, soudain, le submergeait.

« Retournons voir ! » s'écria-t-il.

Mais ils eurent beau examiner chaque pièce à la loupe, ils ne découvrirent pas la moindre trace de Mongeot.

« Enfin, je ne rêve pas, Fred. Tu as entendu comme moi. D'ailleurs, Mme Sorbier...

— J'ai tellement bien entendu que j'ai failli entrer pour vous donner un coup de main.

— Alors ? »

Mareuil avait encaissé sans récriminer ses deux précédents échecs. Mais cette fois la mesure était comble. Sorbier avait été tué. Soit. Mongeot, blessé. Soit. On avait du moins l'amère satisfaction de relever un corps, de constater une blessure. Mais quand un être de chair et d'os s'évanouit comme une fumée, entre quatre murs sans malice, la raison chancelle. Mareuil ne pouvait s'arracher à la villa et sa colère tournait au désespoir. Entre le moment où il avait entendu le dernier choc contre

141

la porte et celui où il avait découvert le palier vide, il ne s'était pas écoulé cinq secondes. De cela, il était absolument certain. C'était le fait le plus indiscutable. Or, en cinq secondes, Mongeot n'aurait même pas eu le temps de se cacher dans une des pièces vides du premier. Et il n'y avait pas d'issue. D'un côté, le bureau, la chambre d'amis et la chambre de Linda, verrouillée ; de l'autre, la fenêtre entrebâillée, devant laquelle se tenait Fred, cinq secondes ! Où étaient les quatorze secondes de l'usine ? Les quinze ou vingt secondes du pavillon ? Ici, il s'agissait d'une disparition quasi instantanée, d'une désintégration sur place.

« Je suis gâteux, répétait Mareuil. Des gens comme moi, on les colle à la retraite d'office.

— Allons, patron ! plaidait Fred. Moi aussi, ça me secoue. Mais faut pas se laisser aller.

— Tu ne comprends donc pas que tout est remis en question ?

— Comment ?

— Dame ! Mongeot vient de nous donner la preuve qu'il possède un truc pour s'échapper d'un endroit clos et surveillé. Par conséquent, c'est bien lui qui a tué Sorbier.

— Mais l'alibi ?

— Encore un truc.

— Et sa blessure ?

— Encore une manière de nous avoir.

— Là, patron, je crois que vous exagérez. Il aurait pu y rester.

— Ça va ! Fichons le camp. Ou plutôt non. Installe-toi en bas et attends du renfort. »

Mareuil dévala le perron et ce fut plus fort que

lui. Il s'assit sur la dernière marche, les mains pendantes, le regard vague. Devant lui, s'étendait le jardin où les roses blanches semblaient flotter dans l'espace. Il faisait très frais, soudain. La ville dormait. Des nuages passaient, en longues écharpes. Mareuil ne pensait plus à rien. Il était las, écœuré. Il se sentait victime d'une énorme injustice. Et, de plus, il était responsable de Linda. Aujourd'hui, l'attentat avait raté, de peu ! Demain, il réussirait. Fatalement ! Parce que Mareuil n'était pas le plus fort. Parce qu'un criminel, dans l'ombre, servi par des moyens exceptionnels, poursuivait sa terrible besogne. Mareuil se leva, se retourna plusieurs fois, avant d'atteindre sa voiture. Il lui semblait que quelqu'un le regardait et se moquait de sa défaite.

IX

« Entrez ! » cria Lhuillier.

Mareuil reconnut tout de suite, dans un fauteuil, près du bureau, le petit Rouveyre qui jouait impatiemment avec ses gants. Devant la fenêtre, tournant le dos à la pièce, un homme, aux épaules d'athlète, pianotait sur la vitre.

« Asseyez-vous, dit Lhuillier qui paraissait encore plus impersonnel que d'habitude.

« Votre coup de téléphone m'a tellement surpris, continua-t-il, que j'ai prié ces messieurs de venir vous entendre. Vous avez déjà rencontré M. Rouveyre, mais vous ne connaissez peut-être pas M. Lartigue, chef de Cabinet du préfet de Police. »

Lartigue pivota sur les talons avec raideur et remua vaguement la tête, d'un air excédé. A contre-jour, il n'était qu'une ombre dont on sentait pourtant l'hostilité. Lhuillier, un coupe-papier aux doigts, poursuivait d'une voix monotone :

« J'ai résumé la situation... en rappelant les circonstances tout à fait extraordinaires dans lesquelles Mongeot fut blessé... Vous étiez chargé de surveiller Mongeot... ce qui ne paraissait pas bien difficile... et maintenant, si je vous ai bien compris, Mongeot a disparu.

— Il s'est volatilisé, précisa Mareuil, en souriant tristement. Le mot peut paraître ridicule, mais je n'en vois pas d'autre. »

Il y eut un silence. Les trois hommes observaient le commissaire et Mareuil avait l'impression de passer un examen très difficile, devant un jury sans pitié. Lartigue fit trois pas et s'assit sur le coin du bureau ; il était roux, les cheveux coupés ras, la mâchoire violente, des poches sous les yeux ; il était un peu trop bien habillé, pour un fonctionnaire.

« Ce Mongeot, dit-il lentement, c'était le seul homme qui sût quelque chose sur le vol du tube ? »

Lhuillier voulut parler, mais Lartigue leva la main.

« Laissez-le répondre.

— Je le crois, dit Mareuil.

— Et vous l'avez laissé fuir ?

— Pardon, se défendit Mareuil. Il n'a pas fui... Il a disparu. »

Les trois se regardèrent.

« Expliquez-vous », fit Lhuillier.

Mareuil se leva, s'approcha du bureau.

« Si je ne dessine pas le plan de la villa, dit-il, vous ne pourrez pas suivre. »

Et, sur le buvard du directeur, à grands traits rapides, il indiqua la position des pièces. Rouveyre ne s'était pas dérangé, mais Lartigue, appuyé sur ses deux poings tavelés, étudiait attentivement le croquis.

« Fred était là... Vous pourrez l'interroger... C'est un garçon qui a la tête froide... Il a entendu

146

les coups, comme moi. Mongeot tentait d'enfoncer la porte de la chambre, et Mme Sorbier a appelé au secours... Si mon témoignage paraît insuffisant, il reste donc deux témoignages inattaquables...

— Mais on vous croit, Mareuil », murmura Lhuillier.

De la pointe du crayon, Mareuil marquait sur le plan son trajet dans la maison.

« J'ai traversé le vestibule, après avoir allumé... Notez que toute la cage de l'escalier se trouvait éclairée, ainsi que les deux paliers... J'entendais toujours les coups... Il m'a fallu... quoi... trois ou quatre secondes pour arriver là, au coude de l'escalier... Les coups s'arrêtèrent. Deux secondes plus tard, j'étais au premier et il n'y avait plus personne...

— Vous avez fouillé, dit Lhuillier, comme s'il essayait de souffler la bonne réponse.

— La maison était vide, répliqua Mareuil. Absolument vide. Aucune cachette possible. J'ai la prétention de... »

Il allait dire : de connaître mon métier. Il préféra se taire.

« Il est donc parti par la fenêtre du couloir, reprit Lhuillier. Vous m'avez dit, au téléphone, que cette fenêtre était entrouverte.

— Fred était devant la fenêtre », objecta Mareuil.

Le jeune Rouveyre avait allumé une cigarette et, de temps en temps, bâillait sur le dos de sa main.

« Dans les trois affaires, il y a une fenêtre, observa Lhuillier. Et dans les trois affaires, il y a quelqu'un en faction devant la fenêtre : la première fois, Legivre ; la deuxième fois, Belliard ; et cette fois-ci, Fred, l'adjoint du commissaire.

— Ça ne tient pas debout, dit Lartigue. C'est une pure coïncidence. Vous n'allez pas prétendre que votre criminel s'était ménagé à l'avance ce moyen de filer ? D'abord, ce n'était pas un moyen de filer, puisque vous soulignez vous-même qu'il n'a pas pu s'en aller par la fenêtre. Alors, qu'est-ce que vous proposez ? »

Lhuillier regarda Mareuil.

« Vous avez entendu ? Quelle explication proposez-vous ?

— Je n'en propose aucune, dit Mareuil. Je constate.

— C'est un peu trop facile », lança Rouveyre, du fond de son fauteuil.

Lartigue, mains dans les poches, amorça une courte promenade vers la fenêtre, puis s'arrêta soudain :

« Avouez, commissaire, que c'est troublant ! Dès que vous êtes là, il se passe des choses qui défient l'entendement.

— Je n'étais pas à l'usine, remarqua paisiblement Mareuil. Et pourtant un homme a disparu, en plein jour, sous les yeux de plusieurs témoins.

— Pourquoi, coupa Lartigue, n'avez-vous pas arrêté Mongeot, hier soir ?

— Je n'avais pas de mandat.

— D'accord. Mais un homme qui s'introduit, la nuit, dans une maison, devient de ce fait un malfaiteur. Vous aviez donc un motif.

— Un motif ! On peut en discuter puisqu'en

148

définitive Mongeot n'a rien volé et n'a fait de mal à personne. Je voulais le prendre sur le fait.

— Je ne vous blâme pas », dit Lhuillier.

Lartigue grogna quelque chose qui fit sourire le petit Rouveyre, puis, se plantant devant le bureau :

« Résumons-nous. Mongeot a écrit à Sorbier... Ensuite il a failli être tué... Ensuite, il a voulu tuer Mme Sorbier... Je m'en tiens, bien entendu, aux faits les plus saillants. Que conclure de là ?

— Rien, soupira Lhuillier.

— C'est mon avis. Rien. Si toutefois on s'en tient aux faits tels que je viens de les énoncer. Mais que valent-ils ?

— Permettez, dit Mareuil.

— Est-ce que ce sont des faits ? continua Lartigue, ou bien les vues personnelles de M. le commissaire Mareuil ? Je vous accorde que Mongeot a écrit à Sorbier. Mais pour lui dire quoi ? Nous n'en savons rien. Je vous accorde qu'il a reçu une balle dans le poumon. Mais de qui ? Nous n'en savons rien. On nous répond : " Mongeot a peut-être aidé l'assassin de Sorbier. Il a peut-être caché le tube. C'est peut-être l'assassin qui a voulu se débarrasser de lui. " Et pour finir : " Mongeot a peut-être essayé de tuer Mme Sorbier. " Allons, Mareuil reconnaissez que vous pataugez... Laissez-moi terminer... Tout le monde a le droit de patauger. Je ne vous en fais pas reproche. Mais qu'on l'avoue franchement, au lieu d'imaginer ces histoires à dormir debout... l'assassin qui s'évapore... les témoins qui n'ont rien vu...

— Soit, dit Mareuil. J'ai tout inventé, pour camoufler mes échecs. Mon ami Belliard a menti

149

pour m'être agréable. Fred aussi. Mme Sorbier aussi... »

Lartigue s'approcha de Mareuil, lui mit une main sur l'épaule.

« Ecoutez, Mareuil... Supposez que, demain, la presse publie vos déclarations... Supposez qu'on lise à peu près ceci : *Mongeot n'a pas pu sauter par la fenêtre. Il n'a pas pu se cacher dans les chambres du premier étage, ni redescendre au rez-de-chaussée ni monter au second...* Quelle sera la réaction du public, hein ?

— Mongeot ou le passe-muraille, murmura Rouveyre, en allumant une nouvelle cigarette.

— S'il n'y avait pas ce tube en liberté, reprit Lartigue, la plaisanterie serait assez drôle. Mais ce n'est pas au moment où l'opinion s'inquiète que nous pouvons... Non, Mareuil, ce n'est pas sérieux.

— Et mon collègue Tabard ? » dit Mareuil.

La question fit mouche. Lartigue haussa les épaules et s'éloigna, furieux. Lhuillier toussota.

« Tabard, fit-il. Eh bien, il cherche...

— Mongeot disparu, observa Rouveyre, nos chances s'amenuisent.

— Mais personne ne prenait cette piste au sérieux ! éclata Mareuil. Et c'est maintenant que...

— La question n'est pas là, intervint Lartigue. Est-ce que vous maintenez vos déclarations ?

— Oui. Je suis sûr de ce que j'ai vu.

— Et si vous aviez mal vu ?

— Alors, il s'agirait d'une hallucination collective.

— Vous êtes entêté ! »

Le petit Rouveyre regarda sa montre et se leva.

« Tout cela ne mène pas à grand-chose, dit-il. Je suggère qu'on recherche Mongeot...

— C'est fait, protesta Lhuillier. J'ai déjà envoyé deux hommes à son domicile. Mongeot n'est pas rentré.

— Vous espériez qu'il reviendrait chez lui ?

— Non. Mais la précaution ne s'imposait pas moins. S'il reste à Paris, il aura du mal à nous échapper. »

Rouveyre chuchota quelques mots à Lartigue. Les deux hommes se retirèrent près de la fenêtre et parlèrent à voix basse, puis Lartigue fit signe à Lhuillier. « Qu'ils me limogent, pensa Mareuil, mais qu'ils se dépêchent ! » Lhuillier hochait la tête, poliment, mais ne semblait nullement d'accord avec les deux autres. Enfin, il revint vers Mareuil.

« Je vous remercie, mon cher commissaire, dit-il. Voilà un mois que vous êtes sur la brèche, et personne n'a le droit de vous critiquer... Vous comptiez prendre votre congé en octobre, n'est-ce pas ?

— Oui, mais...

— Un conseil, Mareuil... Prenez-le tout de suite... Je ne suis pas seul à croire que ce congé vous fera du bien. Vous êtes un peu fatigué, mais si... c'est normal ! Vous vous surmenez, avec cette affaire.

— Dans ce cas, monsieur le directeur, j'aime mieux...

— Allons ! Soyez raisonnable. Vous démissionnerez une autre fois. La maison a besoin de vous, que diable ! Je n'ai jamais vu quelqu'un d'aussi susceptible. »

Il poussait doucement Mareuil vers la porte qu'il entrouvrit.

« Si je pouvais m'offrir un congé ! murmura-t-il. Croyez-moi, Mareuil, vous n'êtes pas le plus à plaindre. »

« Les salauds ! » grommela Mareuil, dans le couloir. Il se précipita dans son bureau et s'arrêta net, sur le seuil. Tabard l'attendait, en lisant le journal.

« Vous avez lu l'éditorial ? demanda-t-il. Ecoutez ça. *Au trente-deuxième jour de l'enquête, le terrible engin qui peut contaminer Paris demeure introuvable. Ceux qui partent en vacances vivent dans l'angoisse, ceux qui restent, dans la terreur...*

— Ça va, jeta Mareuil. Qu'est-ce que vous voulez ? »

Tabard l'apaisa d'un geste.

« Je sais, mon vieux. Vous êtes devenu indésirable. Et moi, pensez-vous que je sois en odeur de sainteté ? »

Il rit et tira une blague à tabac rebondie. Il était plus court que Mareuil, plus large, avec un visage jovial et une pointe d'accent toulousain.

« Ça ne marche pas, à l'usine ? fit Mareuil.

— Dans six mois on y sera encore, dit Tabard. Personne ne se rappelle plus ce qu'il a fait, ce matin-là. Le patron voudrait que les moindres déplacements soient signalés, recoupés... un vrai casse-tête. Ce pauvre Legivre ! Il a peut-être recommencé vingt fois le trajet du pavillon à la cantine et retour. Vous le voyez, sur sa jambe de bois, et moi, le chronomètre à la main. Lamentable !... »

Il donna un coup de langue à sa cigarette, la tortilla aux deux bouts.

« Je suis à peu près sûr, poursuivit-il, que le coupable n'est pas quelqu'un de l'usine. Tous ces types-là sont trop calés, vous voyez ce que je veux dire. Ils ne sont pas dans la vie et celui qui a fait le coup est un gars drôlement décidé... Vous ne m'en voulez pas, Mareuil ?

— Mais non... Vous permettez ? »

Mareuil s'assit à son bureau, et appela Belliard, à Courbevoie.

« 22-17 ?... C'est toi, vieux ?... Peux-tu me rendre un service ?... Tu vas demander un congé de deux jours. C'est possible ?... Bon, je m'en doutais. Avec les vacances, j'imagine que vous devez tourner au ralenti... Tu vas donc filer chez toi, préparer une valise et te rendre... »

Il hésita. Tabard s'était replongé dans son journal.

« ... te rendre à Neuilly... Oui, pas besoin de préciser... Préviens ta femme, naturellement... Je te rejoindrai là-bas dans un moment... Ah ! J'oubliais... Tu as toujours ton revolver d'ordonnance ?... Eh bien, cherche-le et emporte-le. Je t'expliquerai. »

Il raccrocha, considéra son bureau rêveusement.

« Je passe la main, murmura-t-il à l'adresse de Tabard. Je suis en congé... Pour un mois.

— Bigre ! fit Tabard. Ils vont tout me coller sur le paletot... Vous quittez Paris ?

— Oh non ! J'ai encore pas mal de petites choses

153

à régler… En cas de besoin, vous trouverez dans le tiroir des notes, le double de mes rapports… Cela ne vous mènera nulle part, je vous avertis. »

Il tendit la main le premier.

« Bonne chance !

— Et vous, reposez-vous bien, souhaita Tabard.

— On me l'a déjà dit », grogna Mareuil.

Il trouva Fred dans la salle des inspecteurs.

« Je m'en vais, mon petit Fred.

— Quoi ? sursauta Fred, vous n'allez pas ?… »

Mareuil tendit le pouce par-dessus son épaule.

« On souhaite, à côté, que je me mette au vert. On croit que j'ai des visions. On n'a peut-être pas tort. »

Il empoigna une chaise par le dossier et s'assit à califourchon.

« Tu l'as vu entrer, hein ?

— Comme je vous vois.

— Tu as entendu Mme Sorbier appeler à l'aide ?

— Pardi !

— Tu es prêt à le jurer ?

— Sur la tête de mon gosse.

— Parce qu'ils vont te cuisiner, comme ils sont partis ! Je t'en réponds.

— Ils n'oseront tout de même pas prétendre que je l'ai laissé filer par la fenêtre ?

— Tout juste.

— Je pourrais devenir mauvais.

— Tu te tiendras tranquille. S'ils t'engueulent, tu les laisseras faire. Je prends tout sur moi, c'est vu ? Si j'ai besoin de toi, je téléphonerai chez toi.

— Vous restez sur l'affaire ?

— Tu penses. »

Fred sourit.

« Comment que je marche avec vous, patron !

— Qui t'a relayé, à la villa ?

— Grange. Je l'ai appelé à huit heures. Je lui ai donné les consignes. Il se tient dans le jardin, prêt à intervenir.

— Très bien. A bientôt, et tiens ta langue ! »

Mareuil, un peu calmé, sortit de la P.J. Il s'accorda le temps de boire un café et de grignoter un croissant, dont il laissa la moitié. Il n'avait pas faim. Il éprouvait seulement une grande fatigue et une sorte de honte. Lhuillier, au fond, s'était montré parfaitement correct. Et même les deux autres, à y bien réfléchir. Pourquoi ne pas profiter de l'occasion ? Partir loin de Paris ? Puisqu'on ne saurait jamais le fin mot de l'énigme. Mongeot !... On ne le retrouverait pas. Le tube ?... Il était depuis longtemps aux mains de ceux, alliés ou ennemis, qui avaient monté les deux attentats. Mais pourquoi Mongeot avait-il choisi, pour disparaître, la villa des Sorbier ? Pourquoi ?... Mareuil aligna quelques pièces de monnaie. Le cauchemar allait recommencer. Les hypothèses conduiraient, une fois de plus, à une impasse. Assez ! On ne pouvait donc pas avoir la paix ? Mais Linda avait-elle la paix, elle qui était menacée de mort ? Car Mongeot, s'il avait eu le temps d'enfoncer la porte, l'aurait sûrement tuée. Et il l'aurait tuée parce qu'il en avait reçu l'ordre. Le coup de téléphone, avant le cinéma, signifiait évidemment que Mongeot avait repris contact avec... Avec qui ? Avec celui qui avait organisé le vol du tube. Mais quel rapport avec Linda ?

Mareuil, la tête grouillante, s'éloigna en chancelant. « Je deviens marteau, songea-t-il. Heureusement que c'est fini. Mongeot disparu, Linda convenablement protégée, il n'y a plus rien à craindre. » Il dégagea sa voiture et roula vers Neuilly. Grange déambulait dans les allées en bâillant.

« Rien de neuf ? demanda Mareuil.

— Rien, chef.

— Alors, vous pouvez disposer. »

Mareuil sonna et ce fut Belliard qui vint au-devant de lui. A sa tête, Mareuil comprit qu'il était au courant des événements de la nuit.

« Linda ? interrogea-t-il.

— Elle est au salon... Qu'est-ce que c'est que cette histoire de fous ?

— Mon pauvre vieux, soupira Mareuil, si je le savais ! »

Linda semblait calme ; mais ses yeux battus disaient clairement son inquiétude. Ils s'assirent tous les trois.

« Je suis venu tout de suite, expliqua Belliard. Je n'ai même pas pu prévenir Andrée qui était sortie avec le petit.

— Merci. J'irai la voir tout à l'heure. Pour le moment, ce qui compte, c'est d'assurer la protection de Mme Sorbier... Non, chère madame, je ne pense pas que vous couriez un très grand danger, mais je me méfie... En deux mots, voici la situation : je suis en congé, depuis une heure... J'ai raconté ce qui s'est passé cette nuit, et on a failli me rire au nez. On m'a vivement conseillé de prendre du repos.

— C'est un peu fort ! s'écria Belliard.

— Eh oui, mais tu devines la suite. Ce n'est plus à moi de donner des ordres, de prendre des initiatives. Nous ne devons compter que sur nous. Or, Mme Sorbier doit quitter Paris. Vous allez donc partir tous les deux, et vous reviendrez le plus vite possible. Voyons, madame, est-ce que vous pouvez rentrer demain ?

— Linda est à bout, coupa Belliard. Elle a besoin de...

— Je regrette, dit Mareuil. Ici, nous pouvons la défendre. Là-bas, nous ne disposons pas des mêmes moyens. C'est important, cette affaire avec votre notaire ?

— Des papiers à signer, dit Linda. Mon mari possédait une vieille maison et quelques terres, près d'Arbois. Si vous le jugez nécessaire, nous pourrons revenir après-demain.

— Je m'excuse, fit Mareuil. Mais c'est vraiment dans votre intérêt. Mon ami Belliard... enfin, je n'ai pas besoin d'insister... il a fait ses preuves... avec lui, vous êtes en sécurité. Néanmoins...

— Bon, bon, grommela Belliard. N'en jetez plus. Mais qu'est-ce que tu redoutes, au juste ?

— Ce que Mongeot a raté, la nuit dernière, il va sans doute essayer de le réussir. Tu as retrouvé ton revolver ?

— Oui. Je l'ai apporté. Mais, tu sais, depuis le temps qu'il n'a pas servi...

— Va le chercher. »

Linda avait blêmi.

« Vous croyez que...

— Je suis une brute, dit Mareuil. Pardonnez-moi. J'aurais dû régler discrètement cette question. Mais, d'un autre côté, j'aime autant que vous preniez nettement conscience de la situation.

— Je n'ai pas peur.

— Je sais, dit Mareuil. Si l'heure était aux compliments, je vous dirais que je vous admire beaucoup. Mais, acheva-t-il en riant, nous avons mieux à faire. Voyons... pourquoi votre bonne, Mariette, est-elle partie avant vous ?

— Pour aérer la maison, préparer ma chambre, nettoyer un peu.

— Je comprends. Mais vous n'aviez parlé à personne de vos projets ? Rappelez-vous... Personne n'était au courant du départ de Mariette ?

— Non. Je ne crois pas. Peut-être Mariette a-t-elle bavardé chez les commerçants. Elle n'avait aucune raison de cacher son voyage.

— Evidemment. Mais cela prouve à quel point l'adversaire est aux aguets. A peine votre bonne partie, il s'est manifesté en alertant Mongeot... »

Mareuil s'arrêta, embarrassé. Non, Mongeot n'avait pas été alerté. Il avait téléphoné le premier... et il ignorait, à ce moment-là, que Linda serait seule. S'il n'avait pas téléphoné, comment « l'inconnu » aurait-il pu le joindre ? En l'appelant au bistrot, comme la première fois ? Est-ce que ce coup de téléphone était arrangé d'avance ? Mais personne n'avait communiqué avec le chauffeur depuis son entrée à l'hôpital. Peut-être Mongeot devait-il rétablir le contact avec « l'inconnu » dès que cela lui serait possible ? Dans ce cas, il aurait pu le faire beaucoup plus tôt...

Belliard revint, présenta l'arme à Mareuil.

« Fais attention, dit-il, il est chargé. »

Mareuil retira le chargeur, examina le pistolet.

« Il aurait besoin d'être graissé, observa-t-il. Mais il est en bon état. Garde-le sur toi. Par prudence. Je suis sûr que c'est une précaution inutile et que ta présence suffira à écarter l'ennemi. Mais nous devons mettre toutes les chances de notre côté. Quelle voiture prenez-vous?

— La mienne, dit Belliard. Je n'ai jamais conduit de D.S.

— Bon. Est-ce que vous pouvez partir tout de suite?

— Certainement, répondit Linda. Je n'ai qu'à prendre ma valise.

— Alors, exécution », plaisanta Mareuil.

Dès que Linda eut disparu, Belliard saisit le bras du commissaire.

« Entre nous, tu crains vraiment quelque chose? Mongeot n'a pas l'air bien dangereux.

— Qu'est-ce qu'il te faut, grogna Mareuil. Un bonhomme qui disparaît comme une fumée après avoir cherché à enfoncer une porte! Il est bougrement habile, au contraire. Ne perds pas de vue Linda, tu m'entends. Que personne n'approche d'elle. Après tout, ce ne sera peut-être pas Mongeot qui attaquera. Il y a quelqu'un derrière lui, et quelqu'un de bien plus redoutable.

— Tu me fiches la frousse.

— J'essaie de tout prévoir. Fais très attention. Et revenez en vitesse. »

Linda reparut en manteau de voyage, et Mareuil pensa qu'elle était bien belle. Ils sortirent et la jeune femme donna deux tours de clef à la porte.

« C'est une serrure de sûreté, commenta Belliard.

— D'accord, dit Mareuil, mais ça n'a pas arrêté Mongeot, cette nuit. Je reviendrai surveiller la maison, pendant votre absence.

— N'oublie pas de prévenir Andrée, recommanda Belliard.

— J'y vais en vous quittant. »

La Simca de l'ingénieur était devant le garage ; Mareuil ouvrit la grille, agita la main au moment où la voiture virait sur le boulevard. Il la suivit des yeux et se sentit soulagé. Il ne mériterait aucun reproche s'il arrivait quelque chose. Restait à faire un saut chez Andrée. Mareuil y fut en un quart d'heure. Belliard habitait un bel appartement, rue de Prony. Le commissaire trouva Andrée qui cherchait dans son sac la clef du garage, tout en maintenant, du pied, le landau où dormait le bébé. Mareuil l'aida, ouvrit la porte du garage.

« Excusez-nous, dit Andrée. C'est un vrai bric-à-brac, là-dedans. Quand l'auto est là, je ne sais jamais où loger la voiture du petit.

— J'ignorais que Roger aimait tellement le bricolage ! »

Il y avait un établi, des clefs anglaises accrochées au mur, des scies, des marteaux, une armoire métallique à la poignée de laquelle pendait une salopette.

« Autrefois, oui, il travaillait beaucoup, dit Andrée. Mais maintenant, ça ne l'intéresse plus. »

Elle sortit l'enfant du landau et appela l'ascenseur.

« Justement, commença Mareuil, il ne viendra

pas déjeuner. C'est moi qui lui ai demandé un petit service... Vous allez m'en vouloir. »

Il tira la porte de l'ascenseur et se glissa près d'Andrée.

« Il ne rentrera qu'après-demain. »

Dans l'étroite cabine, il découvrait, tout près du sien, le clair visage d'Andrée, son front large, un peu masculin, où courait déjà l'ombre d'une ride. Elle regardait le commissaire avec intensité, comme si elle avait cherché dans ses paroles la trace d'un mensonge.

« Il est parti loin ? demanda-t-elle.

— Oh ! ce n'est pas un secret, fit Mareuil, un peu gêné. J'ai eu besoin de lui pour accompagner Mme Sorbier dans le Jura. »

L'ascenseur s'arrêta, et ils suivirent tous les deux un couloir ensoleillé.

« Mme Sorbier a été convoquée par son notaire et je n'aime pas la savoir seule en ce moment.

— Vous pensez que moi, j'en ai l'habitude et que ça n'a plus d'importance. »

Elle souriait, avec quelque chose d'un peu contracté, d'un peu douloureux.

« Non, dit Mareuil... Faites-moi confiance. Je vous expliquerai plus tard. C'est compliqué.

— Avec Linda, c'est toujours compliqué, soupira-t-elle. Au moins, déjeunez avec moi.

— Volontiers. »

Elle lui confia le bébé, et pendant qu'il le couchait avec précaution dans le berceau, elle déballa ses provisions.

« Mettez la table, dit-elle. La bonne nous a quittés. »

Mareuil, maladroit, légèrement solennel, s'affaira, tandis qu'elle remuait des casseroles dans la cuisine. De temps en temps, elle venait donner un coup d'œil.

« Très bien, approuvait-elle. Vous êtes un homme d'intérieur, vous ! »

Un peu plus tard, ils prirent place, l'un en face de l'autre.

« Roger regrettera, fit Mareuil.

— Cela m'étonnerait », dit Andrée.

Et comme Mareuil, un sourcil arrondi, l'interrogeait :

« Vous ne vous êtes pas encore aperçu qu'il s'ennuyait ici ? Moins, maintenant, à cause du petit... Mais je suis bien sûre qu'il a sauté sur l'occasion... allons... soyez sincère. Cessez de vous soutenir entre hommes.

— Ma foi...

— Mais oui. Vous croyez donc que je ne vois rien ? »

Il y eut, dans ses yeux, encore une fois, un fugitif reflet d'amertume, elle se leva.

« Je ne sais pas où j'ai la tête. J'ai oublié le vin. »

X

« Pas trop de casse ? » demanda Mareuil.

Fred fit claquer ses doigts d'un air insouciant.

Qu'est-ce qu'ils m'ont mis ! Pour un peu, ils m'auraient accusé d'avoir bu. Surtout le gros ! Ah ! celui-là, je ne sais pas ce que vous lui avez fait, mais il ne vous porte pas dans son cœur. J'ai tenu bon. Mais j'ai eu chaud, je vous promets.

— Conclusion ?

— Eh bien, nous nous sommes trompés. Nous avons vu quelqu'un pénétrer dans une maison voisine. Comme il faisait noir, nous avons cru que c'était notre homme qui entrait chez Sorbier. Tout le reste s'est passé dans notre imagination. Vous avez effrayé Mme Sorbier en la réveillant, et, quand vous avez traversé le vestibule, elle a pris peur et a crié. Vous avez ensuite frappé à sa porte et...

— A ton avis, coupa Mareuil, ils parlaient sérieusement ?

— Non. Ils ne sont pas fous. Ils se doutent bien que nous avons été les témoins de quelque chose de bizarre. Mais ils préfèrent étouffer nos déclarations. Si les journaux apprenaient ça... la villa des Sorbier... Mongeot... vous vous rendez compte! Les gens sont surexcités! Ça ferait du vilain. Ils m'ont collé sous les ordres de Tabard.

— Rien de nouveau sur Mongeot, naturellement?

— Rien.

— A-t-on fait surveiller son domicile?

— Non. Vous pensez bien qu'il ne serait pas assez bête pour se jeter dans la gueule du loup.

— Il pourrait revenir, malgré tout. Il a peut-être laissé de l'argent chez lui. On aurait dû fouiller. Vois-tu, depuis le début, on s'éparpille, on se laisse mener en bateau... C'est ce tube qui nous paralyse. Il faudrait repartir à zéro, réfléchir sérieusement, sans se presser, en flânant. Tu es libre, maintenant?

— Jusqu'à cinq heures.

— Alors, retournons là-bas, chez Mongeot.

— Vous avez une idée?

— Oh non! avoua Mareuil. Je ne suis pas si intelligent que ça. Mais, sur place, je finirai peut-être par comprendre comment l'assassin s'est débrouillé pour disparaître. Il suffirait d'un indice et tout deviendrait simple, j'en suis convaincu. Mais nous avons beaucoup de faits absurdes et pas un seul indice. »

Ils étaient dans un petit café de la place Dauphine. C'était dommage de s'en aller, alors qu'il faisait si bon. La bière était fraîche; le soleil pas trop méchant... Mareuil se serait bien attardé. Mais il tenait à l'estime de Fred. La 4 CV était garée devant le perron du Palais.

« Prends le volant, dit Mareuil. Après tout, je suis en congé. »

Ce fut une promenade. Mareuil, les yeux vagues, ne pensait à rien. Il se contentait de revoir, mentalement, la maison de Mongeot, la salle commune, l'escalier, les deux chambres... Les jumelles aussi... ne pas oublier ces jumelles grâce auxquelles on pouvait si facilement surveiller l'usine. Etait-ce cela, l'indice ?

« J'arrête devant le pavillon ? demanda Fred.

— Si tu veux. »

Ils descendirent, et regardèrent la façade, presque misérable en plein jour.

« Tout s'est passé comme à Neuilly, expliqua Mareuil en poussant Fred vers le jardin pelé. Quand nous sommes arrivés, la lumière était allumée, dans la salle. On voyait la silhouette de Mongeot se dessiner sur la fenêtre. Avec un peu de chance, on aurait aussi aperçu celle du visiteur. Puis Mongeot a tiré le rideau. »

Mareuil s'avança dans l'allée. Fred derrière lui.

« Belliard se tenait à peu près où tu es, continuait le commissaire. Il est resté là jusqu'à ce que je l'appelle. Note qu'ici, le problème est encore plus simple qu'à Neuilly. Toutes les ouvertures donnent sur ce jardin. Il n'y a pas d'autre issue...

— Et le coup de feu a été tiré en bas.

— Oui. Dans la salle commune. Le visiteur a abattu Mongeot au pied de l'escalier. »

Mareuil glissa son passe dans la serrure.

« Quand Mongeot prétend, poursuivit-il, qu'il ne connaissait pas l'homme, et que celui-ci a tiré tout de suite, il ment. En réalité, ils ont causé. Pas longtemps, c'est vrai. Mais une bonne minute. »

La porte s'ouvrit, éclairant faiblement le couloir sombre. Fred entra dans la salle. Mareuil poussa les volets.

« Pas beau, hein ? »

Fred, une moue aux lèvres, considérait le décor lugubre.

« Pour moi, dit Mareuil, l'homme a sorti son revolver au moment où Mongeot tirait le rideau. Il devait se tenir devant la porte, lui barrant le passage... Mongeot a sans doute promis quelque chose, pour amadouer son adversaire et, tout en parlant, il a passé derrière la table pour atteindre l'escalier... Vas-y, recule... Là... Mais l'autre a deviné la manœuvre... Le corps était devant la première marche... »

Fred, instinctivement, se retourna.

« Qu'est-ce que c'est que ça ? »

Mareuil, à son tour, contourna la table.

« Nom de Dieu ! »

Au pied de l'escalier, quelque chose de noir s'allongeait.

« Le tube ! »

Mareuil avait crié. Immobiles, maintenant, les gestes suspendus, comme pour ne pas réveiller un reptile endormi, ils contemplaient l'objet. Leurs yeux, accoutumés à la pénombre qui régnait au fond de la salle, distinguaient tous les détails de l'étrange machine ; elle était couchée perpendiculairement à la première marche et reflétait en une mince ligne vivante l'éclat du soleil sur les vitres. Fred s'accroupit.

« Touche pas ! » fit Mareuil.

La surprise refluait en lui, et la joie, une joie si brutale qu'elle en devenait douloureuse, lui comprimait la poitrine.

« Alors ça, murmura-t-il, c'est le bouquet ! »

Il se sentait lourd comme un scaphandrier, incapable de remuer un pied. C'était bien le tube !

« Nous sommes peut-être en plein dans la zone des rayons dangereux, dit Fred.

— Tu parles si je m'en fiche !... Ecoute bien, mon petit Fred, tu vas courir dans un bistrot, où tu voudras... et tu téléphoneras d'abord à l'usine. Il faut que dans une demi-heure ce tube soit enlevé et examiné sur toutes les coutures. Après tu appelleras Lhuillier... ou plutôt non... Tu me remplaceras. Je lui ferai la commission moi-même. Allez ! Saute ! »

Fred fila. Mareuil s'assit lentement sur les marches, le tube entre les pieds. Peu à peu, il reprenait le contrôle de sa pensée. Et d'abord, qui avait eu l'audace de rapporter le tube dans cette maison ? Mongeot, évidemment... Il avait sans doute l'intention de le dissimuler dans une des pièces du haut, et puis il avait été dérangé et il l'avait abandonné là, se proposant de revenir. Donc, tendre une souricière le plus vite possible !

Pris d'un soupçon, Mareuil se leva et monta au premier. Mais non. Il n'y avait personne. La poussière commençait à s'accumuler sur les meubles. La valise était toujours là. Les jumelles n'avait pas été emportées. Mareuil redescendit et se rassit près du tube. Donc, Mongeot était à Paris. Linda ne courait aucun danger. On pouvait du moins le supposer. Mais, si Mongeot était en possession du tube... La vérité, à grands coups, illuminait Mareuil... Tout se tenait. Mongeot avait caché le tube dans la villa des Sorbier, peu après l'assassinat de l'ingénieur. C'était l'endroit rêvé. Personne n'avait eu l'idée de fouiller là-bas. Et aussitôt guéri, Mongeot était allé le reprendre. Il avait refusé d'indiquer la cachette à l'homme qui était venu le menacer. Pas si bête ! Il n'ignorait pas l'immense valeur de ce tube et il avait bien l'intention de le négocier au meilleur prix. « Je brûle, songea Mareuil. Le reste... le coup des disparitions, tout cela est secondaire. Ce qui compte, c'est le fil conducteur. Et je le tiens ! »

Les pas de Fred le tirèrent de sa méditation. Fred était très excité.

« Ils arrivent, dit-il. Parlez d'un choc !... Ils sont sens dessus dessous.

— Qui as-tu eu ?

— Le directeur, Aubertet. Il m'a fait répéter trois ou quatre fois... Au début, il se méfiait. Il vient lui-même en voiture, avec son état-major et des gardes du corps.

— J'ai le temps de prévenir Lhuillier. Reste là. Pas de blague, hein ! »

Fred sortit un revolver de sa poche.

« Soyez tranquille, patron. Avec ça, je ne crains personne, vous trouverez un tabac à cinquante mètres, à droite, dans la première rue. »

Mareuil, par dignité, s'interdit de courir, mais il franchit les derniers mètres au pas de gymnastique. Le téléphone était sur le comptoir.

« Police ! » jeta-t-il au buraliste, en sautant sur l'appareil.

Lhuillier fut presque tout de suite en ligne.

« Ici Mareuil. »

Le commissaire s'efforçait de maîtriser sa voix, de paraître nonchalant, presque détaché.

« J'ai du nouveau... oui... Tout à l'heure, en me promenant... J'ai tout mon temps, maintenant... Je suis venu faire un tour chez Mongeot... Non, il n'était pas là, bien entendu. Il court toujours... Mais il avait laissé quelque chose... Le tube... Je dis : le tube... Eh bien, oui, le tube, quoi ! Le tube volé à l'usine. »

Le buraliste avait cesser de laver ses verres et regardait le commissaire avec des yeux qui lui sortaient de la tête.

« J'étais avec Fred. Il est là-bas, en ce moment. Il attend Aubertet, que nous avons prévenu... Non, j'ai l'impression que le tube est intact... D'accord... Je vous attends... Ah non ! n'y comptez pas. Je suis en congé. Je ne reprendrai pas l'enquête. Rien à faire. »

Il reposa l'appareil, rit tout seul. Le buraliste tendit le cou.

« Alors, c'est vrai, ce que racontait ce monsieur tout à l'heure. Vous l'avez retrouvé ?

— Oui, mais gardez ça pour vous, pour l'instant. »

L'homme débouchait une bouteille de vin blanc.

« Ça s'arrose, dit-il. On se faisait du mouron, avec cette histoire. J'ai été gazé, en 17, alors je sais ce que c'est... Non, c'est ma tournée. »

Ils trinquèrent. Mareuil vida son verre d'un trait

et, cette fois, il se permit de courir. Devant la grille, il y avait deux voitures et une camionnette. La maison grouillait de monde. Mareuil reconnut Aubertet.

« Alors, mon cher commissaire, s'écria Aubertet. Compliments ! Le cauchemar est fini ! »

Le spécialiste du compteur geiger promenait son appareil au-dessus du tube.

« Il n'a pas été touché, annonça-t-il. En tout cas. il n'émet rien.

— On vérifiera à l'usine, fit Aubertet. Embarquez-le. »

Un employé souleva le tube et, escorté de trois gardes, mitraillette à l'aisselle, l'emporta. Aubertet resta en arrière avec deux ingénieurs qu'il présenta à Mareuil.

« Vous avez eu du mal à le récupérer ? questionna-t-il.

— Pas du tout. Il était là, abandonné. Le premier rôdeur venu aurait pu s'en emparer.

— C'était donc bien Mongeot le voleur.

— Probablement.

— Quelle drôle d'histoire ! On tue ce malheureux Sorbier, et pourquoi ? Puisque le tube n'a pas franchi la frontière ?

— Il l'aurait franchie tôt ou tard. Je suis survenu au bon moment, voilà tout. Un coup de chance !

— Peut-être ! Enfin, je veux dire, tant mieux. Mais avouez que tout est déconcertant, dans cette affaire. Il ne faut pas un mois pour expédier à l'étranger un objet aussi facile à dissimuler. Téléphonez-moi dans la soirée. Je vous transmettrai les conclusions du laboratoire. »

Les trois hommes partis, Mareuil et Fred inspectèrent soigneusement chaque pièce. Mareuil observa encore une fois l'usine avec les jumelles.

« Tu sais à quoi je pense ? dit-il. D'ici, on pouvait surveiller le pavillon des dessinateurs, les allées et venues de Legivre, la sortie des employés. Je jurerais que le plan d'attaque a été mis au point dans cette maison. Je donnerais gros pour rattraper Mongeot. Il faudrait bien qu'il parle. Tant pis pour la légalité.

— J'entends une voiture », dit Fred.

C'était Lhuillier. Il saisit la main de Mareuil.

« Félicitations, mon cher Mareuil. J'avais raison de vous faire confiance. Où est-il, ce fameux tube ?

— En route pour l'usine, dit Mareuil, sèchement. Aubertet sort d'ici, avec ses hommes.

— Très bien. La presse pourra publier la nouvelle ce soir. J'en connais qui vont respirer. Voyons, Mareuil, videz votre sac. Vous n'êtes pas venu ici par hasard ? »

Il se tourna vers Fred et le prit à témoin.

« N'est-ce pas ? Il avait son plan ? »

Fred sourit finement et Lhuillier tendit l'index vers le commissaire.

« Je vous vois venir, Mareuil. Vous voulez votre revanche. C'est entendu. Vous avez carte blanche.

— Je suis en congé, bougonna Mareuil.

— Bien sûr ! Vous êtes en congé, mais vous avez carte blanche. Si vous avez besoin de quelqu'un, passez-moi un coup de fil, à moi personnellement. Et coffrez-moi ce Mongeot. En vous promenant...

Maintenant, je fais un saut à l'usine. Bonne chance ! »

Fred l'accompagna jusqu'à la grille. Il se frottait les mains en revenant.

« Vous les avez bien possédés, patron. Qu'est-ce qu'on fait, maintenant ?

— Tu vas poster deux hommes et tu organiseras un roulement. Je veux que la maison soit gardée jour et nuit. Si par hasard Mongeot se laisse prendre, tu me préviens immédiatement. Je me méfie de Lhuillier, tu comprends. Il me dit : coffrez-le ! Mais il serait le premier à ordonner de le relâcher. Officiellement, nous n'avons rien contre Mongeot. Ce que je vais faire, je le ferai à titre privé. »

Il commença par le bloc qui s'élevait à droite, frappa à toutes les portes, interrogea tous les locataires. « Vous n'avez rien remarqué d'anormal, dans la rue, pendant la matinée, ou tout au début de l'après-midi ? Un homme portant un paquet assez volumineux ? Il descendait sans doute d'une voiture ?... » Non, personne n'avait rien remarqué. Le matin, les femmes allaient au marché, faisaient leur ménage. Elles n'avaient pas le temps de regarder à la fenêtre. Les hommes étaient à l'atelier ; les enfants, en colonie. Même réponse, dans l'immeuble de gauche. Et tout le long du quai. Les gens essayaient de se rappeler. Non, ils n'avaient rien vu. *Chez Jules,* même refrain. Depuis son « accident », Mongeot ne venait plus régulièrement, et il n'avait pas reparu depuis la veille au soir. Mareuil abandonna la partie et rentra chez lui. Il ferma les volets, retira sa veste et s'étendit sur son lit, les mains sous la nuque. Il n'y avait plus de commissaire Mareuil. Il n'y avait qu'un homme fatigué, secrètement offensé, et qui sentait que la vérité n'était peut-être plus très loin... Mongeot avait caché le tube chez les Sorbier. Voire ! Et si Sorbier lui-même avait emporté le tube chez lui ? Car enfin, le vol n'était qu'une déduction. Rien ne le prouvait d'une manière irréfutable. Et justement, Mongeot, découvrant ce tube, aurait peut-être essayé de faire chanter Sorbier. D'où la lettre recommandée. Alors ? Sorbier coupable ? Et de quoi ?...

Mareuil tâtonna, découvrit un paquet de gauloises sur la table de chevet et en alluma une. Oui, coupable de quoi ? Il emporte le tube chez lui. Bon. Il en a presque le droit. Après tout, il en est l'inventeur. Mais pourquoi l'emporte-t-il chez lui ? Pour le montrer à quelqu'un, en grand secret ? A qui ?

Le téléphone sonna et Mareuil, surpris, sursauta.

« Allô... oui... Ah ! c'est toi... Vous avez fait un bon voyage ? Linda n'est pas trop fatiguée ?... Parfait. Un conseil. Tâchez donc de trouver des chambres dans un hôtel, ce sera tout de même plus sûr. Vous serez entourés... Oui... Vous rentrez toujours après-demain ?... Non, ce ne sera pas la peine de ramener Mariette, cela simplifiera les choses... Eh bien, moi, j'ai une grande nouvelle, une très grande nouvelle... Non, tu apprendras ça par les journaux ou la radio... A bientôt, vieux. A la moindre alerte, un coup de fil. D'accord... Mes hommages à Mme Sorbier. »

173

Il raccrocha. Mme Sorbier. Linda... Est-ce que son mari aurait refusé de lui apporter le tube ? Elle n'entendait rien à ces problèmes, soit. Mais Sorbier causait. Le jour où l'invention avait été mise au point, il en avait sûrement parlé. C'est tellement normal ! « Je viens de découvrir quelque chose qui fera du bruit. » « C'est vrai ? Tu vas devenir célèbre ? » « Ce n'est pas impossible. » « Oh ! mon chéri, je n'ai pas le droit de voir cette chose ? »... Sorbier était un homme comme les autres, malgré tout son talent. Et Linda était tellement femme ! Linda, la belle étrangère...

Mareuil se brûla les doigts à son mégot incandescent et le jeta devant la cheminée. Il alluma aussitôt une autre cigarette. Linda ? Non, ce n'était pas possible. D'ailleurs, si Linda avait voulu vendre à quelqu'un l'invention de son mari, ou si Sorbier avait voulu se servir de sa femme comme intermédiaire, le tube était inutile. Seuls les calculs, les chiffres, la formule, avaient de l'importance. Inutile d'aller plus loin dans cette voie. Il y avait une autre hypothèse, plus vraisemblable. Sorbier avait confié quelque chose à sa femme. Quelque chose qui, maintenant, la mettait en danger. Mais quoi ?... Sorbier se savait peut-être menacé. Peut-être avait-il dit à Linda : « S'il m'arrive un accident, tu sauras que c'est Un Tel le responsable. » Car Linda, si elle avait été comme assommée par la nouvelle de l'assassinat, cependant n'avait pas paru trop surprise... Mareuil, la chemise couverte de cendres, réfléchissait... Un Tel ? Bien improbable. Sorbier, à supposer qu'il se fût senti en danger, n'aurait pas pu identifier l'espion qui rôdait autour de lui... La pensée de Mareuil s'effilochait en images, se défaisait en rêverie. Il revoyait Sorbier, Linda, essayait de les imaginer ensemble. Il savait, après vingt ans d'enquêtes, de recherches, d'observations, que l'individu qu'on croit le mieux connaître est encore plein de secrets. La vie profonde des êtres est ténébreuse, faite de filons, de sédiments, de terrains superposés. Qui était Sorbier ? Un savant, sans doute. Et puis ? Un homme, oui. Et puis... ? Quel genre d'homme ? Et Linda... ? Si belle, si lointaine, si maîtresse d'elle-même et pourtant si vibrante, si tendue... Les yeux de Mareuil se fermaient. Il somnolait... Linda... Il éprouvait pour elle une attirance bien proche de l'amour... On ne pouvait pas ne pas l'aimer. Il était ridicule, infiniment ridicule et tellement solitaire, tellement... Une mouche marchait sur son front... il n'avait pas la force de la chasser... En congé... rester toujours en congé... dormir !

Le téléphone.

Mareuil revint à lui brutalement. Sa main avait déjà saisi le combiné.

« Mareuil à l'appareil. Ah ! c'est vous, monsieur le directeur... Heu, c'est-à-dire que j'étais en train de mettre un peu d'ordre dans mes idées... Pardon ? Je n'entends pas très bien... Ils ont examiné le tube ? Alors... C'est bien ce que je pensais. Il n'a pas été ouvert. J'en suis très heureux, évidemment, mais Aubertet a raison... On ne voit pas bien pourquoi on s'est donné la peine de le voler... Moi, non. Je n'ai rien de nouveau. C'est ça, je vous appellerai... Oh ! le public ! Maintenant qu'il est rassuré, il se moque bien de l'assassin de Sorbier...

Dans deux jours, tout le monde aura oublié... Mais non, je ne suis pas amer. Je constate, c'est tout. Au revoir, monsieur le directeur. »

Mareuil bâilla, se gratta la tête. Huit heures sonnèrent. Il dîna sommairement, sur un coin de table, dans sa cuisine miniature, puis regagna sa chambre. Il ne pouvait se résoudre à se coucher, se réveilla dix fois. Dès que le petit jour filtra à travers les volets, il fut sur pied.

Que faire ? Donner un petit coup d'œil à la maison des Sorbier ? Mareuil choisit une chemise propre et fraîche, revêtit un costume gris. En voiture ? A pied ?... Un homme en vacances se déplace à pied. Des groupes stationnaient autour des kiosques. Les éditions s'arrachaient. *Le tube maléfique est retrouvé... Fin de la Grande Peur... La Police met la main sur le tube de la mort...* Mareuil acheta un journal qu'il lut, en marchant. Son nom était cité : *Le commissaire Mareuil dont on connaît la patience et l'adresse...* Ça, c'était un coup bas de Lhuillier, à l'adresse du préfet de Police et des services de l'Intérieur. N'empêche ! Mareuil se regarda dans une vitrine et boutonna son veston. La vie, sans être capiteuse, devenait agréable à respirer. Il trouva le chemin court, ouvrit la grille. Les portes de la villa étaient toutes fermées. Personne n'était venu. Rien à signaler. Il n'y avait plus qu'à attendre le retour des voyageurs. Mareuil s'offrit un anis, à la terrasse d'un restaurant de la Porte Maillot, puis se fit apporter la carte, qu'il étudia avec soin. L'après-midi était fort avancé lorsqu'il rentra chez lui. Un télégramme l'atten-

176

dait : *Affaires réglées. Arriverons demain. Vous atten-
dons dîner. Amitiés. Linda.*

Cette nuit-là, Mareuil dormit comme un enfant.
Le lendemain, à sept heures, il sonnait chez les
Sorbier. La Simca était rangée dans l'allée qui
menait au garage. Belliard ouvrit. Il paraissait
fatigué et soucieux. Mareuil lui en fit la remarque.

« J'ai roulé vite, expliqua Belliard.

— Pas d'anicroches ?

— Non. Pourtant, j'ai l'impression d'avoir été
suivi... Une 403 noire qui ne m'a pas lâché pendant
les derniers deux cents kilomètres.

— Tu as relevé son numéro ?

— Non. Elle était trop loin.

— Vous êtes arrivés quand ?

— Il y a à peine un quart d'heure. Je n'ai même
pas eu le temps de téléphoner chez moi. Tu as vu le
petit, ma femme ? Ça va ?

— Ça va. »

Belliard saisit Mareuil par le revers de son
veston.

« Les journaux ?... C'est vrai ce qu'ils racontent,
ou c'est pour apaiser... ?

— Tout ce qu'il y a de plus vrai.

— Le tube était chez Mongeot ?

— Oui. Tout ce que tu as lu est exact. Le tube
était au pied de l'escalier, à la place où était étendu
Mongeot.

— Tu y comprends quelque chose ?

— Absolument rien. Mais le fait est là. »

Belliard leva les yeux vers le plafond.

« Si le tube a été restitué, c'est que l'affaire est

finie, non ? Dans ce cas, Linda n'est plus en danger. »

Mareuil hocha la tête.

« Ne concluons pas trop vite. Pour moi, l'affaire n'est pas finie. Ou, si tu préfères, le tube est un épisode à part.

— Qu'est-ce qui te fait supposer cela ?

— Mettons que ce soit une espèce de pressentiment. »

Mareuil baissa la voix.

« Comment as-tu trouvé Linda, pendant le voyage ? »

Belliard eut l'air de peser soigneusement sa réponse.

« Un peu inquiète, naturellement... Sur ses gardes... Plus silencieuse que d'habitude... Mais pas réellement bouleversée.

— Elle ne t'a fait aucune confidence ?

— Non... Pourquoi ?

— J'ai sans doute tort, mais je ne peux m'ôter de l'esprit qu'elle en sait plus qu'elle ne veut l'avouer. C'est justement pourquoi j'ai peur.

— Curieux ! C'est la première fois que tu parles comme ça. »

Les hauts talons de Linda claquèrent dans l'escalier. Mareuil alla au-devant d'elle. Il ne pouvait s'empêcher de la regarder avec un peu trop d'insistance.

« Alors, c'est vrai ? dit-elle. Il est retrouvé ? Vous êtes très fort, commissaire. Je suis personnellement très contente... à cause de... »

Sa voix fut un peu moins assurée. Elle acheva sa pensée par un geste vague.

« Si nous pouvions être un peu tranquilles, maintenant, conclut-elle. Je vous en serais bien reconnaissante. »

Y avait-il, dans ces mots, un appel ? ou, au contraire, un reproche ? Ou de l'indifférence polie ?

« Je vais m'occuper du dîner, reprit-elle. Ce sera très simple, je vous préviens. Je vous laisse comploter, tous les deux. »

Mareuil la suivit des yeux. Il tressaillit quand Belliard lui toucha le bras.

« Tu fais sûrement erreur, murmura Belliard. Qu'est-ce que je t'offre ?... Il doit y avoir du porto, à côté.

— Merci. Je ne veux rien. »

Belliard tira son paquet de Chesterfield, le tendit à Mareuil.

« Tiens !... Tu me fais de la peine avec tes cigarettes en tire-bouchon. »

Mareuil tira quelques bouffées en silence, et reprit :

« Maintenant, il va s'agir de protéger Linda. Je pense que tu pourras obtenir un congé.

— Sans doute. Mais il y a ma famille.

— Je sais, fit Mareuil. J'assurerai les nuits. Tu viendras me relayer le matin.

— Et ça durera longtemps, cette surveillance ? »

Mareuil traversa le salon à petits pas, s'accouda au piano.

« C'est la question qui me chiffonne le plus, dit-il. Si l'adversaire doit nous avoir à l'usure, rien ne pourra l'en empêcher. Mais j'espère bien qu'il ne tardera pas à se montrer.

— Soit. Aujourd'hui, comment vois-tu l'organisation de la permanence ?

— Eh bien, tu repartiras chez toi tout à l'heure, dit Mareuil. Moi, je ne bouge pas. Je m'installerai au salon, n'importe où. Je n'ai pas l'intention de dormir. Demain, j'aviserai.

— Bon. Et quelles seront mes consignes ?

— Contrôle des visites et des appels téléphoniques. J'en parlerai à Linda. On pourrait essayer de l'attirer au-dehors.

— Suppose, maintenant, que quelqu'un s'introduise ici. Qu'est-ce que je dois faire ?

— Pas d'hésitation. Une sommation et tu tires.

— Bigre ! Tu n'y vas pas de main morte.

— Je te couvre. Une dernière recommandation : il faudra que Linda évite de se tenir devant les fenêtres. De la rue, on peut facilement viser la façade. »

Linda s'activait dans la salle à manger. Les couverts cliquetaient, la verrerie tintait.

« Je te trouve plus inquiet que l'autre soir, observa Belliard. Tu es sûr de ne pas me cacher quelque chose d'important ? »

Mareuil allait répondre, mais Linda se montra, au seuil de la salle à manger.

« A table. »

Les deux hommes sourirent.

XI

La nuit s'écoula sans le moindre incident. Belliard vint aux nouvelles, dans la matinée, puis repartit déjeuner chez lui. Mareuil partagea le repas de Linda. La jeune femme parlait peu. Elle se comportait toujours en maîtresse de maison accomplie, mais Mareuil sentait que quelque chose n'allait pas. Peut-être condamnait-elle cette surveillance? Evidemment, c'était un peu ridicule, cet état de siège, ces portes verrouillées, ces précautions excessives. Malgré lui, Mareuil songeait à Sorbier, si brillant, si plein d'autorité. Lui-même devait faire toute petite figure. Linda était distraite. Elle souriait avec un peu de retard, d'un sourire mondain qui n'éclairait pas son visage. Parfois, elle répondait à côté. Si la contrainte s'installait déjà, le séjour à la villa deviendrait intolérable. Heureusement, Belliard reparut, vers quatre heures, et Mareuil s'échappa, promit qu'il serait là au début de la soirée.

« Tu ne dîneras pas avec nous? demanda Belliard.

— Non, j'ai besoin de prendre un peu l'air.

« — Vous ne vous êtes pas disputés, au moins ?

— Penses-tu !... Linda n'est pas une femme avec qui on se dispute. Seulement, il me semble que je l'ennuie... Oh ! simple impression.

— Linda est excusable, dit Belliard. Je vais voir ce que je peux faire. En tout cas, ne viens pas trop tard. Tu me fais mener une drôle d'existence, tu sais.

— Je serai là à neuf heures. Promis ! »

Belliard referma la grille derrière Mareuil, donna un tour de clef. Mareuil était libre. Il respirait. Dans la villa, il étouffait. Etait-ce le silence ? Ou bien le souvenir de la disparition de Mongeot ? Ou bien l'image de Sorbier ? Au moindre craquement, il sursautait, allait sur la pointe des pieds jeter un coup d'œil dans les pièces voisines. La défense de la villa posait de multiples problèmes : où fallait-il se tenir, pour assurer la garde la plus efficace ?... Le salon était un peu trop éloigné de l'escalier. Les deux pièces du haut, en revanche, étaient trop près de la chambre de Linda. Mareuil ne voulait pas être indiscret. Finalement, il avait décidé qu'il coucherait dans le vestibule, sur le matelas de la chambre d'amis. Linda avait approuvé ces dispositions. Mais Mareuil ne pouvait s'empêcher de les trouver absurdes et inefficaces. Absurdes, parce que, toutes les portes fermées, l'assassin serait bien en peine d'entrer ; inefficaces, parce qu'une fois, déjà, il s'était joué des obstacles. Dans la villa, Mareuil s'attendait à tout. A peine dehors, il jugeait ses craintes ridicules. C'est pourquoi, de nouveau, il se sentait accablé. Et la même pensée revenait, obsédante : Est-ce qu' « Il » viendra ? « Il » devait bien savoir, pourtant, qu' « Il » prendrait un risque énorme ? Linda était donc bien dangereuse ?... A ce point de la réflexion, tout devenait obscur, arbitraire.

Mareuil prépara une petite valise : pyjama, robe de chambre, trousse de toilette, chaussons. A tout hasard, il se munit d'une lampe électrique. Il aurait pu retourner plus tôt à la villa, dîner avec Belliard et Linda. Il préféra se mêler à la foule et choisit un restaurant plein de lumières et de bruit, devant la gare Saint-Lazare. Là, du moins, il n'était pas question de réfléchir ; tout était simple, clair. Et si des drames couvaient, sous le masque des visages souriants, détendus, c'étaient des drames bien ordinaires, presque candides, de ces drames tout de suite dénoués, grâce à un peu d'expérience et de patience. Mareuil, devant son chateaubriand, s'apaisait. S'il avait échoué, ce n'était pas sa faute. Il avait eu affaire à un adversaire trop subtil. Et d'ailleurs tout le monde avait échoué. Tabard, la Sûreté, les meilleurs spécialistes de la guerre secrète. Si Linda n'était pas attaquée, si le piège tendu à la villa ne fonctionnait pas, personne ne connaîtrait le mot de l'énigme. Mais Mareuil, lui, voulait le connaître. Il était ainsi fait qu'un problème resté sans solution formait, dans son esprit, une zone de suppuration, déterminait un point douloureux, lancinant, inguérissable. Sa vie et celle des autres cessaient de l'intéresser. Il but un verre d'armagnac et, à chaque gorgée brûlante, il suppliait l'Ennemi de se montrer, d'accepter le combat. Tant pis pour Linda, ou pour Belliard, ou pour lui-même. La vérité, d'abord !

Quand il sortit, la nuit était tombée et la ville flamboyait. Il roula lentement vers Neuilly, glaces descendues, aspirant la fraîcheur du soir. Le Bois était obscur. Les premières feuilles mortes roulaient le long des trottoirs. Il arrêta sa voiture à quelque distance de la villa, et prit sa valise. Le boulevard Maurice-Barrès était désert. Il s'avança, le long de la grille. La villa paraissait endormie. Tous les volets du rez-de-chaussée étaient fermés et ne laissaient filtrer aucune lueur. Normal. Belliard avait appliqué les consignes. Mareuil aurait pu se servir de son passe ; il préféra sonner. Il faisait très sombre, dans cette partie du boulevard. Le lampadaire le plus proche était de l'autre côté, et la façade ne recevait qu'un pâle reflet oblique. Mareuil, tout de suite impatient, allait sonner de nouveau, quand la porte du perron s'ouvrit.

« C'est toi ? demanda Belliard.

— Evidemment », grogna Mareuil.

Belliard descendit l'allée, agitant un trousseau de clefs.

« Il faut montrer patte blanche, dit-il, avec un enjouement forcé. Entre. »

Mareuil l'éclaira, avec sa lampe de poche, quand il referma la grille.

« Rien de neuf ? demanda-t-il.

— Rien.

— Pas de téléphone ?

— Non. Calme plat.

— Linda ?

— Pas très brillante. Nerveuse. Agitée. Elle est montée dans sa chambre aussitôt après le dîner. »

Mareuil pénétra dans le vestibule et Belliard,

184

avec précaution, donna deux tours de clef à la porte. Une petite lampe d'angle éclairait le divan du salon et une table gigogne déployée, sur laquelle brillaient une bouteille et un verre.

« Je lisais en t'attendant », chuchota Belliard.

Il montra, sur le tapis, un livre entrouvert.

« Je crois même que je me suis assoupi, ajouta-t-il... Tu veux boire ?

— Non, merci.

— Une cigarette ! Ah ! mon pauvre vieux, quelle drôle de vie tu me fais mener. »

Il regarda la pendulette, sur la cheminée.

« Neuf heures cinq. Tu es un type exact. Je vais rentrer.

— Reste un peu, pria Mareuil. Andrée n'en est plus à un quart d'heure près.

— Non, fit Belliard. Et je t'avoue qu'il est temps que ça finisse. Andrée ne me demande pas de comptes, bien sûr. Mais la situation ne peut se prolonger.

— Je sais, dit Mareuil.

— D'abord, nos allées et venues continuelles... Les gens du quartier finiront par... enfin, tu comprends... Et puis, vis-à-vis d'Andrée, mets-toi à ma place, hein ?... Si je lui dis que Linda est en danger, elle va prendre peur. Et si je me tais, elle croira que je viens ici pour mon plaisir. »

Mareuil s'allongea à demi sur le canapé et regarda monter la fumée de sa cigarette.

« Tu penses bien que j'ai songé à tout ça. Je te propose de m'aider pendant huit jours. Seulement huit jours. Si tu permets, je parlerai à Andrée, franchement. »

Belliard marchait, du canapé au piano, les sourcils froncés et, de temps en temps, lançait un rapide coup de pied, à la surface de la moquette.

« J'aurais voulu partir en vacances, moi aussi, observa-t-il. Si je prends huit jours de congé, c'est autant de perdu. Moi, je m'en fiche. Ce que j'en dis, c'est à cause du petit.

— Bon, je verrai Aubertet, proposa Mareuil. Mais je t'assure, j'ai besoin de toi. Je te répète que...

— Ecoute ! » coupa Belliard, en levant les yeux vers le plafond.

Il secoua presque aussitôt la tête.

« Non. J'avais cru l'entendre. Elle doit dormir. »
Il se versa un peu d'alcool.

« J'ai eu le temps de penser à toute cette histoire, reprit-il. Je crois que tu t'inquiètes à tort. Pour moi, Mongeot a déposé le tube chez lui pour qu'on le retrouve et il a filé.

— Pour qu'on le retrouve ?

— Mais oui. Ce tube n'avait plus de valeur depuis que la police surveillait les routes, les gares, les ports. A qui l'aurait-il vendu ? Les gars d'en face sont prudents, tu les connais mieux que moi. Du moment que le coup de surprise n'avait pas réussi...

— Soit. Mais pourquoi n'a-t-il pas réussi ?

— Ça, mon vieux !...

— Ainsi, à ton avis, c'est Mongeot qui a rapporté le tube ?

— Qui d'autre ?... Seulement, tu n'en fourniras jamais la preuve et Mongeot, s'il se tient tranquille, ne sera jamais inquiété. Allons ! Reconnais-le !

— Oui, oui, grommela Mareuil. Je le reconnais.

— J'en viens donc à ma conclusion : toutes les précautions ne signifient plus rien. Elles sont prises trop tard.

— J'ai dit huit jours, s'entêta Mareuil. S'il ne se passe rien durant ces huit jours, je laisse tomber.

— Tu ne peux pas te faire aider par des inspecteurs ?

— Mais encore une fois, je suis en congé ! s'écria Mareuil avec humeur. J'enquête " à mon compte ", tu saisis ?

— Chut !... Je saisis parfaitement. Inutile de la réveiller. On étouffe ici, tu ne trouves pas ? L'odeur de ces fleurs, la fumée... »

Belliard ouvrit une fenêtre, écarta les volets, et s'épongea le front.

« En tout cas, rien de changé pour demain, demanda Mareuil. Je peux compter... »

Belliard recula soudain de plusieurs pas et s'effaça le long du mur.

« Il y a quelqu'un, dit-il très vite.

— Quoi ? »

Mareuil s'était relevé d'un bond. Belliard, de la main, lui fit signe de se taire.

« Dans le jardin, chuchota-t-il, devant la grille... »

« Enfin ! » pensa Mareuil. C'était de la joie qu'il éprouvait, en ce moment. Ainsi, il avait vu juste. Il avait obligé l'ennemi à se découvrir. Le jardin était plongé dans les ténèbres, mais la grille se découpait sur le fond vaguement lumineux du boulevard.

« Tu es sûr ? murmura-t-il.

— Absolument.

— Je ne vois rien.

— Il a dû me repérer. »

Mareuil se fouilla et jura.

« Mon revolver ! Je l'ai laissé dans ma valise.

— Prends le mien. »

Belliard tendit au commissaire son revolver d'ordonnance et Mareuil enjamba souplement la barre d'appui. Il se reçut dans la terre molle d'une plate-bande. Peut-être l'autre ne s'était-il aperçu de rien. Mais où se cachait-il, maintenant ? Mareuil s'écarta du rectangle lumineux que projetait sur le sol la fenêtre ouverte et, coupant à travers les parterres, rejoignit la grille. De là, il voyait avec netteté toute la façade. Les volets du rez-de-chaussée étaient toujours clos, à l'exception de ceux du salon. La porte du perron était également fermée. Et celle de la grille ? Mareuil n'eut que quelques pas à faire pour s'en assurer. Elle aussi était fermée. L'homme l'avait donc escaladée ? Dans ce cas, il était pris. Il n'aurait plus le temps de battre en retraite. Mareuil, le doigt sur la détente, alluma sa lampe électrique et la braqua sur les massifs de buis, à sa gauche. Dans le rond argenté de la lumière, les feuilles brillèrent avec un relief très doux, et un oiseau s'envola dans un ronflement d'ailes. Personne ne se cachait là. A droite, une glycine rampait, se tordait entre les barreaux de la grille et s'arrondissait en tonnelle, soutenue par des arceaux métalliques. Le rayon de la lampe éclaira l'intérieur de la tonnelle. Rien. Mareuil se dirigea vers le garage, promena sur la double porte le faisceau agile de la torche, puis alla s'assurer que la cuisine était également bien fermée... Belliard s'était-il trompé ? Il faillit l'appeler, mais son cri effraierait peut-être Linda. Il rebroussa chemin, éteignit sa lampe.

Et soudain, un coup de feu claqua, à l'intérieur de la villa. La même détonation sèche que dans le pavillon de Mongeot. Mareuil courut, dépassa l'angle de la façade, aperçut Belliard qui se précipitait hors du salon.

« Ton revolver !... »

Déjà, Belliard avait allumé le globe du vestibule. Le commissaire l'entendit, qui grimpait l'escalier. Il prit du champ, surveillant le perron, l'arme prête. Tout d'un coup, levant les yeux, il remarqua qu'une fenêtre était ouverte. Celle de Linda ! Son bras s'abaissa, lentement. « Mon pauvre Belliard, songea-t-il, pas la peine de te presser !... »

... Belliard arrivait devant la chambre de Linda. Il frappa du poing, en même temps qu'il tournait la poignée de la porte. Celle-ci s'ouvrit sur la pièce obscure. Un courant d'air agita les rideaux. Belliard cherchait le commutateur, sans parvenir à le trouver. Il voyait le lampadaire, de l'autre côté du boulevard, les arbres qui paraissaient sans épaisseur, comme des toiles peintes et, à sa gauche, quelque chose de blanchâtre, peut-être le lit, ou un vêtement posé sur une chaise. Il sentit le bouton sous ses doigts, et hésita... puis il alluma.

Linda était tombée en arrière sur le tapis. Il y avait, à la hauteur du cœur, une tache d'un rouge sombre, pas plus large que la main. Belliard s'agenouilla. La chambre était paisible, intime, accueillante. Mais Linda était morte. Elle avait cette expression détachée, lointaine, de ceux qui ont trouvé leur repos. Ses cheveux dénoués par la chute, remuaient doucement, au vent de la fenêtre. Ils étaient blonds, extraordinairement blonds. Belliard joignit les mains et baissa la tête.

« Alors ? cria la voix de Mareuil. Qu'est-ce qui se passe ? »

Belliard parut, se pencha.

« Je crois qu'elle est morte.

— Bouge pas ! » lança Mareuil.

Il sauta dans le salon, referma la fenêtre. Son sang cognait tellement fort qu'il l'assourdissait, mais sa pensée était claire. Dans le vestibule, il prit le soin de vérifier la fermeture de la porte d'entrée. Personne n'avait pu sortir. Il monta au premier, découvrit toute la scène d'un coup d'œil. Linda étendue. Belliard debout devant la cheminée, les traits tirés, l'air d'un vieillard.

« Secoue-toi, dit Mareuil. Appelle un médecin. On ne sait jamais. Allez ! Allez ! »

Il poussa Belliard dans le couloir, revint dans la chambre, la parcourut des yeux : l'armoire, les fauteuils, le lit qui n'avait pas été défait. Linda ne s'était pas couchée. Elle portait la même robe qu'au déjeuner. Elle était chaussée de ses fins souliers à hauts talons... Quelque chose brillait, au pied du lit. Mareuil se baissa. La douille. Parbleu ! 6,35... Il la fit sauter dans sa main, avant de la glisser dans sa poche. Mareuil, parce que c'était son métier, fouilla un peu partout, regarda sous le lit, inspecta l'étroite penderie. Tout cela était inutile, mais il y aurait un rapport à fournir. L'heure : dix heures moins vingt. Le temps mis par Belliard, du rez-de-chaussée à la chambre : une dizaine de secondes comme d'habitude. Le mot emplit Mareuil de confusion et de colère. Il s'approcha de la fenêtre. L'assassin s'était enfui par là et c'était lui, commissaire Mareuil, qui guettait, juste en dessous. Et il n'avait rien vu... A son tour, il s'accroupit près du corps... Sorbier... Mongeot... Linda... Toujours la même petite blessure, la même balle, tirée de près ; seulement, la main du criminel avait tremblé devant Mongeot. Pourquoi ? Etait-il donc plus redoutable que Sorbier ou Linda ?

Le pas, soudain trop lourd de Belliard, fit craquer le plancher.

« Le médecin vient tout de suite, dit-il. On la laisse là ?

— Oui. Il ne faut toucher à rien. »

Belliard s'affaissa, plus qu'il ne s'assit, dans un fauteuil.

« Je me suis pourtant dépêché, murmura-t-il.

— Mais je ne te reproche rien, dit Mareuil. Moi aussi, la dernière fois, je me suis dépêché. Et je n'ai pas été plus heureux que toi... L'homme que tu as vu, dans le jardin, était-ce Mongeot ?... Réfléchis bien.

— Non, je ne crois pas, dit Belliard. Mongeot est plus petit, plus râblé. Mais je ne suis pas sûr. Tout a été si rapide ! »

Mareuil haussa les épaules.

« Je recommence à dérailler, grommela-t-il. J'ai visité le jardin et il n'y avait personne.

— L'homme était déjà entré.

— Par où ? Les portes étaient fermées.

— Il a grimpé le long de la façade.

— Non, mon vieux. Je la voyais, la façade, tu

comprends. Toi, tu as frappé à la porte, je t'ai entendu et puis… ?

— J'ai allumé et je l'ai découverte.

— Tu as allumé, c'est là où je voulais en venir. Linda ne s'était pas déshabillée, quelle raison avait-elle de veiller dans le noir ? »

Ils entendirent l'auto du docteur qui freinait devant la grille.

« Va ouvrir », dit Mareuil.

Pendant que Belliard descendait, le commissaire examina rapidement les pièces voisines, monta au second, fureta en vain. Le médecin était un vieil homme, un peu effaré, qui se troubla encore plus quand il aperçut Linda.

« C'est la première fois, messieurs, observa-t-il en se penchant que je suis appelé à constater un décès criminel. Je n'aime pas du tout ça.

— Je n'étais pas absolument sûr qu'elle fût morte, dit Mareuil.

— Elle l'est… Le cœur a été touché… »

Il se redressa, coinça sa trousse sous son bras et regarda Mareuil d'un air méfiant.

« Tout ce que je peux dire, conclut-il, c'est que plus vite la police sera là, mieux cela vaudra. »

Mareuil tira sa médaille de sa poche et la lui mit sous le nez. Abasourdi, le médecin battit en retraite, se confondant en excuses. Mareuil retint Belliard par la manche.

« Tu peux t'en aller, toi aussi. Je vais appeler du renfort. Merci, mon pauvre vieux. Je suis navré de te mêler à tout ce gâchis. Téléphone-moi demain… chez moi. Je te tiendrai au courant. »

Ils se serrèrent la main. Mareuil referma soigneusement la porte du perron. Il était seul avec la morte. Il se rendit compte, alors, qu'il était épuisé, et il se versa, dans le verre de Belliard, un peu de cognac. Le plus dur restait à faire. Il remonta au premier, s'assit au bureau de Sorbier, décrocha le téléphone.

« Allô... Je voudrais parler à M. Lhuillier... Oui, c'est urgent. De la part du commissaire Mareuil... Allô... Je m'excuse, monsieur le directeur, mais c'est très grave. Mme Sorbier vient d'être assassinée, chez elle... J'étais là. Et même j'avais tout organisé pour surprendre l'assassin... Comment ? Oui, je m'attendais à cette attaque. Mais j'ai été surpris... J'étais avec mon ami Belliard. Mme Sorbier a été tuée dans sa chambre. Toutes les issues étaient fermées, je vous en donne ma parole. Seule, la fenêtre de la chambre où s'était retirée Mme Sorbier était ouverte... Je ne comprends pas, monsieur le directeur. Je vous répète ce que j'ai vu, car cette fois, j'ai vu. J'étais dehors. Je surveillais le jardin, la façade. Vous soupçonniez Legivre, pour le crime de l'usine. Vous pensiez que Belliard avait commis une négligence, quand Mongeot a été blessé. Et vous accusiez Fred d'avoir rêvé, quand il prétendait que Mongeot était entré dans la villa des Sorbier et n'en était pas ressorti. Mais vous ne pouvez pas douter de mon témoignage. Or, j'affirme, monsieur le directeur, qu'au moment où le coup de feu a été tiré, Belliard et moi, nous étions en bas, Belliard est monté, tandis que je demeurais dehors... Non, personne n'est sorti. J'en suis absolument sûr... J'ai retrouvé la douille... Calibre 6,35... Le crime est signé... Oui, je reste sur place. Oui, s'il vous plaît, monsieur le directeur... Merci. »

Mareuil reposa l'appareil. Lhuillier allait faire le nécessaire. Il allait, une fois de plus, déclencher la lourde machine policière. Dans une heure, la maison serait livrée aux flashes, aux godillots, aux galopades vaines. Bonne chance ! Mareuil n'aspirait plus qu'à sauter dans un train et à s'en aller le plus loin possible. Il secoua la torpeur qui s'emparait de lui. Une chose était certaine : dans les quatre cas, il y avait eu un témoin à l'intérieur et un autre à l'extérieur ; dans les quatre cas, le procédé du criminel avait réussi. Il fallait bien, maintenant, parler de procédé. Et ce n'était pas Lhuillier qui...

Mareuil revint dans la chambre et, très doucement, abaissa les paupières de la morte. Il avait renvoyé précipitamment le médecin et Belliard pour se charger de cette tâche. Et maintenant, il effleurait le visage de Linda, et Linda était à une vertigineuse distance de lui. Seuls vivaient ses cheveux, dont la nappe dénouée se lustrait de reflets mouvants. Avait-elle deviné à quel point elle pouvait compter sur lui ? Non, sans doute, puisqu'elle n'avait pas osé se confier. Et pourtant, à deux ou trois reprises, elle avait failli parler. Sa nervosité, son mutisme obstiné, autant de preuves qu'elle savait quelque chose. Et d'ailleurs, n'était-elle pas montée dans sa chambre aussitôt après le dîner, sous un faux prétexte ? Car elle attendait celui qui était venu la tuer... Mareuil éteignit le lustre et laissa allumée la petite lampe de chevet. Il s'assit loin de la morte et enfouit son visage dans ses mains. Celui qui était venu la tuer. Ça ne voulait

rien dire. Elle savait bien que personne ne vien-
drait. Elle n'avait même pas fermé sa porte à clef.
Alors, pourquoi n'était-elle pas déshabillée? Et
surtout pourquoi avait-elle ouvert sa fenêtre? Un
signal? A qui? Mais la fenêtre ouverte, à l'usine,
n'était pas un signal. Ni la fenêtre ouverte, chez
Mongeot. Pourquoi l'assassin semblait-il avoir toujours besoin d'une fenêtre ouverte puisque, manifestement, il ne l'empruntait pas... Mais, songea
brusquement Mareuil, est-ce que, ce soir, l'assassin
n'a pas eu l'opportunité de s'échapper? Durant la
brève visite du médecin, Belliard n'avait, assurément, pas pensé à refermer à clef la porte du
perron... Le raisonnement ne valait guère car il
aurait fallu expliquer, d'abord, comment l'assassin
avait pu redescendre et comment il avait réussi à
pénétrer dans la villa. Mais Mareuil en était au
point où la mauvaise foi est la dernière chance de la
réflexion. Il sortit sur la pointe des pieds et
descendit au jardin. Son premier soin, tout à
l'heure, avait été de s'assurer que la porte de la
grille était toujours fermée; l'inconnu s'était donc
introduit par escalade. Il alluma sa lampe électrique et se mit à étudier la murette et les barreaux. Il
excellait dans ce travail. La grille n'avait pas été
repeinte depuis longtemps. La peinture, usée, se
gonflait en pustules, en cloques. Au moindre
frottement, elle s'écaillait, tombait en poussière. Il
était impossible de ne pas découvrir des éraflures
suspectes; la glycine, elle aussi, devait porter des
traces de l'escalade. Mareuil éclaira le tronc de
l'arbuste, suivit le cheminement des branches
musclées qui, par endroits, tordaient les barreaux.

Un scintillement du bois accrocha la lueur glissante. Mareuil revint en arrière, retrouva l'endroit où s'était produit le bref éclat. Alors, il se fouilla, à la recherche de son canif, choisit la lame la plus robuste et il commença à gratter, l'anneau de la lampe entre les dents. Un morceau de métal tomba dans sa main. Mareuil le contempla longuement ; son regard devenait trouble ; il éteignit. Un instant, il hésita... Allait-il rentrer chez lui ? Mais Lhuillier ?...

A la seconde même, une auto s'engagea sur le boulevard et ralentit. Mareuil alla ouvrir la porte de la grille. Lhuillier était accompagné de l'inspecteur Grange.

« Les autres seront là dans cinq minutes, dit-il. Montrez-moi le chemin. »

Mareuil précéda Lhuillier, tout en lui expliquant, par le menu, les dispositions qu'il avait prises avec Belliard.

« Invraisemblable ! grognait Lhuillier. Je veux bien vous croire, Mareuil, parce que c'est vous, mais vous avouerez que... »

Il monta saluer le corps de Linda. Mareuil rongeait son frein. Il aurait donné n'importe quoi pour être chez lui, tranquille, enfin capable de raisonner froidement. Au fond de sa poche, il tâtait la petite boule extraite du tronc de la glycine. Mais Lhuillier voulait tout examiner, tout comprendre. Il fallut organiser sur-le-champ une sorte de reconstitution. Lhuillier ébauchait des théories aussitôt contredites par les faits.

« C'est bien simple, conclut-il, vous aviez oublié

de fermer la porte... Puisque l'assassin est entré, c'est qu'il a trouvé une issue.

— Je regrette, monsieur le directeur. Mais je n'ai pas omis de vérifier si tout était bien fermé. »

Lhuillier aurait fini par se mettre en colère si une seconde voiture n'était pas arrivée, amenant l'équipe des spécialistes. Pendant une demi-heure, la villa retentit de leurs allées et venues.

« Je peux m'en aller ? demanda Mareuil.

— Je vous vois demain ? dit Lhuillier.

— Non. Cette fois, j'ai vraiment besoin de repos. Je compte partir dans le Midi.

— Vous renoncez ?

— Plus exactement, j'abandonne, monsieur le directeur.

— Il y a une différence ?

— Enorme. »

Mareuil sortit de la villa, gagna sa voiture en courant. La vérité l'attendait chez lui. Elle serait affreuse — il s'en doutait — mais il avait hâte de la voir face à face.

XII

Mareuil, en bras de chemise, le paquet de gauloises à portée de la main, tapait avec application. Il n'était pas très habile et rageait à chaque faute de frappe. Les feuilles s'accumulaient, pêle-mêle. Fréquemment, il regardait l'heure, rallumait sa cigarette, s'épongeait le crâne. « J'en oublie, murmurait-il. Je sens que j'en oublie ! »

À dix heures, il reçut un coup de téléphone de la P.J.

« Attendez, cria-t-il, je note... Eraflures caracté-ristiques... en dépit de l'aplatissement ; la balle est indentique aux autres... Très bien, mon vieux... Merci... Non, ça ne m'apprend rien, si vous voulez, mais c'est une confirmation indispensa-ble... A bientôt. »

Il se remit au travail, après avoir fermé à demi les volets, car le soleil le gênait. A dix heures et demie, nouveau coup de téléphone.

« Allô... Ah ! c'est toi. Mais non, Roger, tu ne me déranges pas... Oui, j'ai du neuf. Est-ce que tu peux passer chez moi ?... Tout de suite, si c'est possible... Bon. Je t'attends ! »

Cette fois, Mareuil ne se rassit pas. Il mit de l'ordre dans les feuilles éparses, les relut, se promena longtemps autour de la table, les pouces aux aisselles, pianotant sur sa poitrine d'un air excédé. Quand Belliard sonna, il sursauta.

« Bonjour vieux. Je m'excuse. Mais j'avais besoin de te voir. Si tu as trop chaud, mets-toi à l'aise.

— Ça va, dit Belliard.

— Qu'est-ce que je t'offre ? dit Mareuil. Un porto ? Un whiksy ?

— Whisky. »

Belliard s'approcha de la table.

« Un sacré chantier, sourit-il. Qu'est-ce que c'est ?... Le premier chapitre de tes mémoires ?

— Simplement mon rapport. »

Mareuil repoussa la machine, les papiers, disposa verres et bouteilles.

« Je te croyais en congé, observa Belliard.

— Est-ce que j'ai un métier à être en congé ? », éclata Mareuil.

De son poing fermé, il se frappa le front.

« C'est ça que je voudrais mettre en congé. C'est ça qui travaille malgré moi. Alors il arrive un moment où il faut bien que je dise ce que j'ai trouvé !

— Tu as trouvé quelque chose ? »

Mareuil dosa le whisky, versa de haut l'eau gazeuse. Il leva son verre où pétillait la liqueur dorée.

« Je crois que j'ai tout compris... ou presque, murmura-t-il.

200

— Diable ! fit Belliard, ironiquement. Eh bien, à la tienne. »

Ils burent.

« Assieds-toi, dit Mareuil. Tu vas en juger... Mais d'abord, j'ai eu le résultat que j'attendais. Je m'appuie sur des faits. Je ne raisonne plus en l'air. Or, toutes les balles qui ont été tirées proviennent du même revolver, y compris celle qui a tué Linda... et aussi l'autre.

— L'autre ?

— L'autre balle.

— Voyons, dit Belliard, je ne te suis plus... Il y a eu trois balles, n'est-ce pas ?

— Non, quatre.

— Comment ?... Sorbier, Mongeot et... Linda. Trois.

— Quatre. Seulement la quatrième n'a touché personne... Elle s'est enfoncée dans le tronc de la glycine, tu sais, la glycine qui s'appuie sur la grille, en face du salon. Après ton départ, il m'est venu à l'idée que l'assassin avait peut-être escaladé la grille. J'ai donc cherché les traces qu'il aurait pu laisser... et j'ai découvert la balle... Un coup de... j'allais dire : un coup de chance ! »

Mareuil rit sans entrain et, d'un trait, vida son verre. Belliard, les sourcils froncés, contemplait le sien.

« Comprends pas, dit-il.

— C'est pourtant facile, reprit Mareuil. Car ça, c'est un indice, un vrai, le seul indice que nous ayons, depuis le début... Hier soir, deux balles ont été tirées... elles sont entre les mains des experts.

— Soit, dit Belliard.

— Mais non, il n'y a pas de " soit " qui tienne. Nous avons les deux balles. Or, au cours de la soirée, je n'ai entendu qu'une détonation... Alors?... Deux balles. Une seule détonation. Conclusion?

— Conclusion? répéta Belliard.

— Eh bien, c'est qu'un premier coup de feu a été tiré avant mon arrivée, vraisemblablement très peu de temps avant mon arrivée. Et c'est ce coup de feu qui a tué Linda. »

Belliard reposa son verre sur la table.

« Attends, continua Mareuil. Suis bien mon raisonnement. A l'usine, quand Sorbier a été tué, est-ce qu'il ne s'était pas passé la même chose? Les témoins ont entendu un coup de feu, mais est-ce qu'il n'y en avait pas eu un autre, avant... »

Belliard regarda Mareuil.

« Je ne vois pas où tu veux en venir, fit-il, mais tu oublies l'essentiel. Hier soir, au moment de ton premier coup de feu, celui que tu n'as pas entendu, j'étais là.

— Justement! » dit Mareuil.

Le commissaire fit sauter la capsule d'une seconde bouteille, emplit son verre. Il but avidement, ferma les yeux, prit une sorte d'élan qui lui contracta la mâchoire.

« Ecoute, Roger... Ce n'est pas le flic qui parle... Depuis hier soir, je retourne tout ça dans ma tête... Je donnerais n'importe quoi pour me tromper. Mais je ne peux pas me tromper, malheureusement... Je ne te juge pas... J'essaie tout bonnement de comprendre... Tu l'aimais... hein!... Bon Dieu, réponds, quoi!... Bien sûr, que tu l'aimais. »

Belliard, debout, les mains dans les poches, les traits soudain tirés, faisait face. Mareuil haussa les épaules.

« Tout le monde l'aimait, continua-t-il à voix basse. Même moi, le vieux dur à cuire, si j'avais vécu près d'elle, je sais bien que... Alors toi, à plus forte raison... Tu es beau, séduisant... Tu aimes la vie.

— Tais-toi.

— Mais non... Puisque c'est vrai ! Et elle aussi, aimait la vie. J'avais bien senti qu'elle étouffait, là-bas. Sorbier... bon, pas besoin d'insister. Ils n'étaient pas heureux ensemble. Et toi non plus, tu n'étais pas heureux.

— Ridicule. »

Mareuil s'approcha de Belliard, lui mit la main sur l'épaule.

« Ose dire que tu étais heureux, quand tu venais me chercher pour m'emmener en voiture, n'importe où... Je suis sûr que tu as résisté longtemps... maintenant, j'en suis sûr. Et, tu vois, je suis sûr aussi que c'est elle qui a commencé... C'est elle qui t'a appelé à son secours... Elle était comme quelqu'un qui se noie... Elle devinait que, de ton côté, tu allais à la dérive...

— Tu es poétique, ce matin », grommela Belliard.

Mareuil s'écarta.

« Bougre d'idiot ! » lança-t-il.

Furieusement, il marcha autour de la table, cueillit une cigarette qu'il alluma d'une main tremblante.

« Bon, reprit-il sèchement, tu fais la tête de

mule. Mais je suis aussi entêté que toi. Puisque la vérité t'effraie, je vais la dire à ta place. »

Il réfléchit un instant, planté devant la fenêtre. « Tu lui écrivais, commença-t-il, sans se retourner. C'est tout à fait dans ton caractère. Les choses que tu n'as pas le cran d'avouer, il faut que tu les écrives. Et puis l'amour, un amour comme celui-là, j'imagine que cela doit s'écrire. Surtout au début, quand on mesure tous les obstacles qu'il faudrait abattre… Tu lui écrivais poste restante, bien entendu. Et Linda gardait, quelquefois, tes lettres dans son sac. Pour les relire… Un jour, Mongeot, qui fouinait partout, a mis la main sur une de ces lettres… Il a pensé que ça pourrait toujours lui servir… Je suis certain de ne pas me tromper, parce que tout s'explique à partir de là. Voilà Mongeot bien fort. Il tient le bon bout. Et quand Sorbier le fiche à la porte, il doit bien rigoler, le Mongeot ! »

Belliard ne bougeait pas. Mareuil regardait, sans les voir, les pigeons des Tuileries.

« Tu sais mieux que moi ce qu'il a fait, Mongeot, pour se venger… Il a mis sous enveloppe la lettre volée, et il l'a envoyée à Sorbier, en recommandé… Seulement, comme c'est un garçon qui n'aime pas les ennuis, il a signé d'un faux nom la fiche d'expédition. Et c'est cette lettre qui a tout déclenché. »

Mareuil fit demi-tour. Belliard, un peu pâle, buvait son whisky lentement, ce qui le dispensait de parler.

« Je continue ? dit Mareuil… Bon, je continue. D'ailleurs, tout est là, noir sur blanc. »

Il prit le paquet de feuilles dactylographiées et chercha le passage.

« Voilà… C'est rédigé un peu vite, mais l'essentiel y est. Je lis : *Le jour du crime, Roger Belliard partit en fin de matinée pour aller chercher, à la clinique, sa femme et son fils. Il les ramena chez lui et retourna à l'usine plus tôt que d'habitude, sans doute pour compenser sa brève absence. C'était l'heure de la pause. Le personnel déjeunait. Legivre se trouvait à la cantine. Mais Sorbier était là. Sorbier qui avait reçu l'envoi recommandé de Mongeot, et n'avait pas eu le courage de rentrer à Neuilly. Brusquement, Belliard se heurte à Sorbier. On peut reconstituer assez facilement la scène : Sorbier montre la lettre à Belliard et, perdant la tête, le menace d'un revolver. Belliard est lui-même armé. Légitime défense. Il tire le premier, et abat Sorbier. Belliard récupère alors la lettre et s'apprête à fuir. Legivre est loin. Personne n'a entendu la détonation. Belliard ne court donc aucun risque. Mais il songe à l'enquête. Si le crime n'a aucun mobile, on va flairer le drame intime et découvrir, peut-être, la vérité. Il faut inventer, tout de suite, un mobile. Or le coffre-fort est là, ouvert. Belliard, sans plus réfléchir, prend le tube et le transporte jusqu'à sa voiture. Il le cache dans le coffre, démarre. Il est sauvé… »*

Mareuil releva la tête.

« Ça va ? demanda-t-il. Je n'ai pas trop pataugé ?

— J'aimerais autant que tu en finisses, dit Belliard.

— Je vais me dépêcher, promit Mareuil. Il y a évidemment quelques points que je n'ai pas précisés… Par exemple, le revolver. Pourquoi te promenais-tu avec un 6,35 dans ta poche ? Tu sortais beaucoup. Tu rentrais souvent très tard. Tu avais pris l'habitude d'être armé, pendant la guerre... Je n'ai pas développé toutes ces petites choses qui vont de soi... Je lis donc la suite : *A deux heures, Belliard revient à l'usine, comme s'il arrivait directement de chez lui. Il rencontre son collègue Renardeau. Legivre a repris son poste. Le crime n'a pas été découvert. Belliard est confiant. Le tube, il s'arrangera pour le restituer, car ni l'honnêteté ni le patriotisme de Roger Belliard ne peuvent être mis en doute. C'est même ce qui écartera tout soupçon. Et, brusquement, c'est le coup de feu. Sorbier, grièvement blessé, a repris connaissance. Il entend du bruit dans la cour. Il essaie d'appeler à l'aide. Et puis, pour attirer l'attention, il se soulève et tire un coup de revolver en l'air, par la fenêtre ouverte, car il n'a pas lâché son arme. Mais l'hémorragie achève son œuvre et il retombe en avant, mort. La suite est aisée à comprendre : pendant que Renardeau se précipite dans le bureau de Sorbier, Belliard se penche sur le cadavre, et s'empare du revolver, puis il ramasse la douille compromettante. Il n'a même pas cette dernière peine, s'il s'agit d'un revolver à barillet. Un simple geste et, pour tout le monde, c'est le coup de feu entendu par les trois témoins qui aura tué Sorbier. Belliard a un alibi absolument inattaquable, le même que Renardeau et Legivre.*

— Assez, dit Belliard. Assez... Oui, c'est moi... Oui, tout s'est passé comme tu l'as écrit... Je n'en peux plus. »

Il voulut poser son verre sur la table. Le verre se renversa, roula, tomba sur le plancher et se cassa en trois morceaux brillants dont Mareuil ne pouvait plus détacher ses yeux. Belliard respirait violemment, comme un homme poursuivi.

« Tu ne peux pas savoir... » fit-il, et il s'effondra sur le divan, cachant son visage, la nuque agitée de spasmes. Mareuil se pencha sur lui.

« Roger, mon vieux, allons...

— Je n'ai rien voulu, bégaya Belliard. J'ai été mené... »

Il se redressa lentement, s'assit, appuyé sur ses deux bras tendus.

— Je ne sais pas comment j'en suis venu là, reprit-il d'une voix plus ferme. Je l'aimais, oui, ah ! ce que j'ai pu l'aimer. Pourtant, je n'en voulais pas à Sorbier. S'il ne m'avait pas menacé...

— Qu'est-ce que tu as fait de son revolver ?

— Quoi ?

— Tu ne l'as pas gardé ?

— Non. Je l'ai jeté dans la Seine, le même soir. »

Mareuil alla chercher un autre verre où il versa un peu d'alcool.

« Bois ça... Là !... Et maintenant, explique-moi la suite.

— Ça n'a plus beaucoup d'importance.

— Si. Pour moi... Quand est-ce que tu as appris la vérité à Linda ? Au moment où vous êtes allés ensemble à l'Institut médico-légal ?

— Oui.

— Comment a-t-elle pris cela ?

— Elle a dit : « Je suis libre. »

— Je vois. Mais toi, tu ne l'étais pas. Tu ne l'étais plus. Il y avait ton fils.

— Oui.

— Elle, cela lui était égal de perdre son mari. Mais toi, tu ne voulais pas renoncer au petit.

— Je ne me doutais pas qu'un gamin, ça vous tient tellement... là...

— Tu vois, j'avais raison, tout à l'heure, remarqua Mareuil. De vous deux, c'était elle la plus accrochée. Elle était bien décidée à te garder. »

Belliard hocha la tête.

« Mais, continua Mareuil, vous ignoriez encore comment ta lettre d'amour était tombée entre les mains de Sorbier. C'est moi qui ai mis Linda sur la voie ?

— Oui. Quand tu lui as demandé si elle connaissait un certain Raoul Mongeot, elle a pris peur...

— Je m'en souviens, coupa Mareuil. Elle a fait semblant d'avoir entendu du bruit dans le vestibule, pour se donner le temps de réfléchir. Mais, comme elle était très intelligente, elle n'a pas essayé de mentir. De toute façon, j'aurais découvert que Mongeot avait été à son service... Restait à gagner du temps. Alors, elle cache le carnet d'adresses de son mari et m'affirme qu'il a été volé... Et, pendant que je me rends à l'usine, elle te téléphone. C'est toi qui as arraché la page de la lettre M au second carnet.

— Nous étions affolés. Nous n'avons pas cessé d'improviser.

— Et moi, soupira Mareuil, je prêtais au criminel une habileté surhumaine. C'est même cela qui m'a paralysé, dès le début. Dire que j'aurais pu empêcher tout ce gâchis !... Si je comprends bien, quand je suis allé dîner chez toi, le soir où nous avons filé Mongeot, Linda ne se doutait de rien ?

— Non. Si j'avais pu la prévenir, peut-être que tout aurait été changé... Enfin, je dis ça, mais j'en doute.

— Elle avait donné rendez-vous à Mongeot, n'est-ce pas ?

— Oui.

— Evidemment. Elle ne pouvait pas imaginer que nous avions déjà retrouvé sa piste. Et Mongeot a dû croire, de son côté, qu'elle venait lui acheter son silence, car il avait deviné tout le drame. Ainsi, le coup de téléphone, dans le bistrot, c'était elle qui appelait. Elle savait où Mongeot prenait ses repas.

— Oui. Et si tu étais arrivé sur le quai dix secondes plus tôt, tu l'aurais vue, devant le pavillon.

— Quelle déveine ! Bon sang, quelle déveine ! Et ensuite ? »

Belliard leva la main d'un geste las.

« Elle était terriblement impulsive, murmura-t-il. Et puis, elle se faisait de l'honneur une idée assez spéciale. J'avais tué Sorbier. Elle a voulu tuer Mongeot. Pas seulement pour le réduire au silence, pour me prouver qu'elle était décidée à aller jusqu'au bout, qu'elle ne regrettait rien, qu'elle partageait mes risques, que sais-je ?

— Entre elle et toi, il y avait Mongeot.

— Si tu veux.

— Mais... le revolver ?

— Elle avait la seconde clef de ma voiture. Elle est venue le prendre au début de l'après-midi. Je l'avais glissé dans la boîte à gants, devant elle, pendant que nous allions à la morgue. Elle me l'a rendu, le lendemain.

— Malheureusement, elle n'avait pas la main aussi sûre... »

Mareuil allait dire : que toi. Il se tut, fit quelques pas, rassembla machinalement ses papiers, puis, secouant la liasse, il ajouta :

« Le reste, je l'ai reconstitué cette nuit. Arrête-moi si je me trompe. Quand elle a entendu ma voix, elle a traversé le vestibule et s'est réfugiée dans la cuisine. Moi, naturellement, voyant Mongeot blessé au bas de l'escalier, je me suis précipité au premier. Elle est sortie... et tu lui as ouvert la grille, pendant que je m'évertuais à fouiller la maison.

— Oui.

— C'était tellement simple ! Ce que j'ai pu être bête !... Et ensuite, pendant que Mongeot était à l'hôpital, ce que j'ai pu vasouiller ! C'était ce tube qui nous hantait tous. Après, ma foi, les choses suivent normalement leur cours. Mongeot est trop malin pour dénoncer Linda. Il machine un bon petit chantage, tout en reprenant ses forces. C'est bien ça ?

— Oui.

— Le soir où je l'ai suivi, avec Fred, c'est à Linda qu'il avait téléphoné ?

— Oui. Il exigeait un rendez-vous. Linda ne pouvait pas retourner quai Michelet, ni courir le risque d'être vue ailleurs, en compagnie de Mongeot.

— Alors, elle lui a demandé de venir chez elle.

— Il n'y avait pas le choix. Mariette était justement absente ; la plupart des voisins étaient en vacances. Il suffisait que Mongeot vienne à une heure assez tardive pour n'être aperçu de personne.

— Et Mongeot a consenti ? Il n'a pas craint d'être descendu pour le compte ?

— Non, parce qu'il avait pris ses précautions. Du moins, il a prétendu qu'il avait envoyé à un notaire une lettre où il révélait toute l'histoire. S'il lui arrivait quelque chose, la lettre serait ouverte.

— Je crois qu'il bluffait.

— Peut-être, mais il y avait un doute.

— Le salopard ! s'écria Mareuil. Il savait qu'il n'avait plus rien à redouter de vous et il vous tenait à la gorge.

— Exactement. Il était le maître du jeu.

— Revenons à Linda.

— Elle n'avait fermé ni la grille ni la porte du perron. Quand elle a entendu tes graviers sur sa fenêtre, elle a cru que c'était Mongeot qui annonçait son arrivée. Quel choc, lorsqu'elle t'a reconnu ! Déjà, Mongeot était dans l'escalier. Elle l'a fait entrer dans sa chambre, a poussé le verrou, comme tu le lui avais ordonné, et, comme il fallait bien te donner le change, c'est de l'intérieur que Mongeot s'est jeté à plusieurs reprises contre la porte.

— Voilà le détail qui m'a arrêté le plus longtemps, dit Mareuil. Et elle a caché Mongeot dans la penderie ?

— Oui. Ensuite, elle s'est déshabillée pendant que tu visitais la maison, car ses vêtements l'auraient immédiatement trahie, et elle a attendu que tu reviennes pour aller décrocher sa robe de chambre...

« — Dans la penderie ! J'avoue que cet endroit est le dernier où j'aurais songé à fouiller. »

Belliard paraissait moins accablé. L'étonnement du commissaire finissait par l'amuser, le distraire. Il entrait, malgré lui, dans le jeu.

« Mongeot est resté des heures, dans sa cachette ? reprit Mareuil.

— Jusqu'au matin. Nous t'avons quitté, Linda et moi, comme si nous partions directement pour le Jura, mais, une demi-heure après nous étions de retour et nous délivrions Mongeot.

— Et vous l'avez emmené avec vous ?

— Oui. Il est maintenant en Suisse.

— Et... il vous a pris cher ?

— Il a exigé dix millions.

— Fichtre ! Vous avez accepté ?

— Bien obligés. Linda a fait le nécessaire.

— Et le tube ? »

Belliard eut un pauvre sourire.

« Il était toujours dans le coffre de ma voiture, et j'avais hâte de m'en débarrasser. Mais je ne pouvais pas le ramener à l'usine. Je ne pouvais pas non plus aller l'enterrer, ni l'abandonner au coin d'une rue. Alors, j'ai eu l'idée de le déposer chez Mongeot, avant de quitter Paris.

— Tu as voulu me faire un cadeau ?

— Il y a un peu de ça. Je me doutais bien que tu retournerais là-bas, un jour ou l'autre.

— Et Mongeot n'a pas protesté ?

— Il était payé. Il a même eu l'air de trouver la chose drôle.

— Il est vrai que la découverte du tube n'aggravait pas son cas. On avait essayé de le tuer.

212

Maintenant, on essayait de le compromettre. Il faisait de plus en plus figure de victime. C'est quand même un monde ! Voilà un bonhomme qui porte toute la responsabilité de l'affaire et, au bout du compte, non seulement il n'y a aucune charge contre lui, mais encore il est devenu riche. »

Mareuil offrit une cigarette à Belliard. Ils restèrent silencieux un moment. Mareuil, enfin, se décida :

« Le plus simple, dit-il, c'est que je te lise la fin de mon rapport. »

Il prit le dernier feuillet.

« Je me suis permis, expliqua-t-il, d'indiquer rapidement tes sentiments pour... Je m'excuse, mais comme c'est la clef de tout, n'est-ce pas ? Alors, j'ai dit en gros que Linda, une fois Mongeot neutralisé, t'avait proposé de partir avec elle... Non, mais non. Ne proteste pas. C'est la vérité en gros, je te le répète. Les nuances, mon pauvre vieux, les nuances ! Ça n'intéresse pas les juges. La situation, ramenée à l'essentiel, tient en deux mots : Linda ou le gosse... Elle t'a mis le marché en main : lui ou moi. Et elle t'a menacé de tout révéler. Je ne veux pas savoir ce que vous vous êtes dit. Ce qui compte, c'est que tu l'as tuée.

— Elle était devenue folle. Elle était vraiment capable de tout.

— C'est ce que j'ai indiqué, dans ce résumé. Je termine ainsi : *Le crime venait d'être commis quand le commissaire Mareuil arriva. Belliard lui dit que Mme Sorbier s'était retirée dans sa chambre. Les deux hommes bavardèrent un instant, au salon. Puis Belliard, sous un prétexte, ouvrit la fenêtre. Il allait recréer les circonstances qui avaient entouré la mort de Sorbier et se constituer ainsi un alibi inattaquable. A cet effet, il prétendit qu'il y avait un homme dans le jardin, et il offrit au commissaire son propre revolver, c'est-à-dire le vieux revolver d'ordonnance qu'il avait emporté avec lui en voyage. Mais il avait gardé le 6,35. Quand Mareuil fut hors de vue, Belliard tira un coup de feu par la fenêtre, exactement comme l'avait fait Sorbier. Mareuil revint sur ses pas et vit Belliard qui traversait le salon en courant. L'alibi était parfait. Il n'aurait pas été démoli si, par hasard, la balle ne s'était pas enfoncée dans le tronc de la glycine. Mais cette balle suffisait à expliquer comment Mme Sorbier avait été tuée. Et, dès lors, tout s'éclairait, de proche en proche... »*

Mareuil plia les feuilles, les jeta sur la table.

« J'ai tapé tout ça ce matin, dit-il avec lassitude. Personne n'est encore au courant. »

Il tendit la main.

« Donne-le-moi.

— Quoi ?

— Ton revolver.

— Et après ?

— Tu m'accompagneras à la P.J.

— Non, dit Belliard.

— Tu préfères que je te laisse partir ? Mais, dans une heure, tu seras traqué. Tu ne peux pas échapper. »

Un cercle blanc s'élargissait autour des lèvres de Belliard. Il plongea la main dans sa poche et le revolver apparut, si petit qu'il ressemblait à un jouet.

« Donne, répéta Mareuil. Je ferai tout pour t'aider, tu le sais.

— Alors, qu'est-ce qui t'empêche de garder le silence ? Tu es en congé. Cette affaire ne t'appartient plus.

— J'ai songé à abandonner, avoua Mareuil. Mais je n'ai pas le droit... »

Ils se regardèrent sans colère. Il y avait entre eux une amitié de vingt ans. Mareuil décrocha sa veste, l'enfila lentement. Il ramassa les papiers, tourna la tête. On dit que la pensée travaille vertigineusement, dans les instants très graves. C'est faux. Elle est comme figée, au contraire. Mareuil avait à peine conscience de ses gestes. Il fit un pas vers la porte, un autre... Derrière lui, Belliard luttait tout seul pour trancher son problème. Il levait sans doute sa main armée, qui, deux fois déjà, s'était levée pour tuer. Tout le reste était oublié, les colis partagés, les coups reçus, la mort affrontée tant de fois... La porte était loin, si loin ! Mareuil s'efforçait de rester droit et digne. Il fit encore deux pas. La détonation emplit la pièce d'un vacarme sec, et Mareuil s'appuya au mur. Il souffrait horriblement, les dents serrées sur son chagrin. Mais il n'avait pas eu le choix. C'était Roger qui avait choisi, librement...

Belliard avait glissé sur le côté. Lui aussi, il s'était visé au cœur. Son visage était détendu, presque paisible. Mareuil l'allongea sur le divan, lui ferma les yeux, ramassa le revolver, puis alla au téléphone.

« Ici, commissaire Mareuil. Passez-moi le directeur... »

Et, pendant qu'un planton allait chercher Lhuillier, il pensait au petit, là-bas... Plus question de demander une retraite anticipée. Il fallait continuer, le plus longtemps possible. Désormais, il avait charge d'âme. Des yeux, il chercha Belliard immobile. Peut-être les morts entendent-ils les promesses des vivants ?

« Allô, Mareuil ?

— J'ai fini mon rapport, monsieur le directeur Il n'y a plus de mystère. »

DES MÊMES AUTEURS

Aux Éditions Gallimard

Dans la collection Folio Junior

SANS-ATOUT CONTRE L'HOMME À LA DAGUE.
Illustrations de Daniel Ceppi, n° 488

SANS-ATOUT ET LE CHEVAL FANTÔME. *Illustra-tions de Daniel Ceppi, Paul Hogarth et Gilles Scheid, n° 476*
(édition spéciale)

LES PISTOLETS DE SANS-ATOUT. *Illustrations de Daniel Ceppi, n° 523*

Aux Éditions Denoël

CELLE QUI N'ÉTAIT PLUS, *dont H. G. Clouzot a tiré son film* Les Diaboliques

LES LOUVES, *porté à l'écran par Luis Saslavsky et remake par la S.F.P.*

D'ENTRE LES MORTS, *dont A. Hitchcock a tiré son film* Sueurs froides

LE MAUVAIS ŒIL

LES VISAGES DE L'OMBRE, *porté à l'écran par David Easy*

À CŒUR PERDU, *dont Étienne Périer a tiré son film* Meurtre en 45 tours

LES MAGICIENNES, *porté à l'écran par Serge Friedman*

L'INGÉNIEUR AIMAIT TROP LES CHIFFRES

MALÉFICES, *porté à l'écran par Henri Decoin*

MALDONNE, *porté à l'écran par Sergio Gobbi*

LES VICTIMES

LE TRAIN BLEU S'ARRÊTE TREIZE FOIS *(Nouvelles)*

... ET MON TOUT EST UN HOMME *(Prix de l'Humour Noir 1965)*

LA MORT A DIT PEUT-ÊTRE

LA PORTE DU LARGE *(Téléfilm)*

DELIRIUM

LES VEUFS

LA VIE EN MIETTES

MANIGANCES *(Nouvelles)*

OPÉRATION PRIMEVÈRE *(Téléfilm)*

FRÈRE JUDAS

LA TENAILLE

LA LÈPRE

L'ÂGE BÊTE *(Téléfilm)*

CARTE VERMEIL *(Téléfilm)*

LES INTOUCHABLES

TERMINUS

BOX-OFFICE

MAMIE

LES EAUX DORMANTES

A la Librairie des Champs-Élysées

LE SECRET D'EUNERVILLE

LA POUDRIÈRE

LE SECOND VISAGE D'ARSÈNE LUPIN

LA JUSTICE D'ARSÈNE LUPIN

LE SERMENT D'ARSÈNE LUPIN

Aux Presses Universitaires de France

LE ROMAN POLICIER *(Coll. Que sais-je ?)*

Aux Éditions Payot

LE ROMAN POLICIER *(épuisé)*

Aux Éditions Hatier — G.-T. Rageot

SANS-ATOUT ET LE CHEVAL FANTÔME

SANS-ATOUT CONTRE L'HOMME À LA DAGUE

LES PISTOLETS DE SANS-ATOUT *(romans policiers pour la jeunesse)*

DANS LA GUEULE DU LOUP

L'INVISIBLE AGRESSEUR

Impression S.E.P.C. à Saint-Amand (Cher),
le 24 mai 1993.
Dépôt légal : mai 1993.
1ᵉʳ dépôt légal dans la collection : mars 1986.
Numéro d'imprimeur : 1361.
ISBN 2-07-037723-7./Imprimé en France.
Précédemment publié par les éditions Denoël.
ISBN 2-207-23256-5.